KB099137

도레미파, 파, 파

이 도서의 국립중앙도서관 출판예정도서목록(CIP)은 서지정보유통지원시스템 홈페이지(http://seoji.nl.go.kr)와 국가자료종합목록시스템(http://www.nl.go.kr/kolisnet)에서 이용하실 수 있습니다.

(CIP제어번호 : CIP2019011565)

지혜사랑 201

도레미파, 파, 파

김 늘 외

지혜

『도레미파, 파, 파』를 펴내면서

제2차 북미 정상회담을 통해 종전협정과 평화협정이 이루어지고 남북통일의 길이 활짝 열리길 기대했지만, '하노이 선언'은 너무나도 허무하고 끔찍하게 무산되고 말았다. 남북문제의 모든 주권을 미국에게 빼앗긴 아픔, 이 아픔을 참고 견디며, 애지문학회 열세 번째 사화집인 『도레미파, 파, 파』를 펴낸다.

시인은 우리 인간의 전범이자 한 국가의 얼굴이다. 시를 통해 지혜를 갈고 닦고, 이 지혜를 통해 전인류의 존경과 찬양을 받게 될 때, 우리 한국인들의 봄은 오게 될 것이다.

시인이여, 전지하고 또 전진하라! 외세를 물리치고 영원한 대한제국을 건설할 때까지……!

차례

애지문학회원

남상진

김정원

조영심

박은주

김 은

권혁재

애지문학회

남상진, 김정원, 조영심, 박은주, 김　은
권혁재, 박수화, 조성례, 오현정, 이영식
조옥엽, 박정옥, 임　봄, 김　늘, 정가을
탁경자, 유계자, 곽성숙, 김혁분, 최혜옥
임현준, 임덕기, 강우현, 김지요, 황정산

데린쿠유에서 온 여자 외 1편

남 상 진

까막눈인 엄마는
 어둠의 농도를 더듬어 생의 행간을 읽고 날마다 생계유지
의 긴 통로를 팠다

 팔을 뻗어 허공을 내젓지 않아도 몇 번 눈을 감았다 뜨면
어둠에도 내성이 생기는 법

 살아가는 것은 어둠을 더듬어 막막한 절벽에 깊고 선명한
길을 내는 일

 생의 온갖 박해를 피해 미로처럼 연결된 골목을 따라
 가파른 계단을 오르느라 그녀는 허리 한 번 제대로 펴지
못했다

 비상 탈출구도 하나 없이 빛도 들지 않는 지하의 삶

 새벽부터 늦은 밤까지 오롯한 맨몸으로 신앙 같은 세월을
견뎌온 여자가
 허리 굽은 지하의 수행자처럼 스스로 파낸 동굴로 든다

 아직도
 정한수 한 사발 앞에 올리고 숭고한 기도를 골다공증의

뼈마디에 숨긴 그녀가
  또 다른 지하도시 어느 방으로 건너가는 중일까?
  그녀가 허리를 펴지도 못한 채
  홀로
  텅 빈 사각의 방안에 든다

  * 터키 카파토키아에 있는 지하도시.

새벽이 없다

발톱을 깎을 때마다 맷집이 좋아졌다
걸음걸이가 비밀에 가까워질수록
눈이 매웠던 사춘기처럼 골목은 생소하게 익어갔고
밤이 깊어갈수록
어둠은 새벽 쪽으로 접히곤 했다

태양의 뜨거운 몸으로는
진정한 어둠에 닿을 수 없는 법
손가락 지문으로 흐르던 강물이
지하로 숨어들었다

벗어날 수 없는 건 모두 뒷모습뿐이었다
자꾸 뒤돌아봐도
길은 앞으로 나 있고
새들의 목소리도 들리지 않는다

오래된 애인은
눈을 깜빡이면 안 된다고 했다
눈동자로 이어진 깊은 우주에 빠진다고 했다

우주는
기쁨이나 슬픔보다

더 깊다고
그녀가 블랙홀처럼 말했다

남상진 | 2014년 『애지』로 등단 | 시집 『현관문은 블랙홀이다』 | 이메일 depag@hanmail.net

돈오점수 외 1편

김 정 원

한 사람을 만나 혼인하고 함께 사는 일보다
더 크고 참된 깨달음이 있을까

두 아이를 낳아 성인 되도록 기르는 일보다
더 간절하고 긴 기도가 있을까

깨달은 승려도, 신부도 숫제 미치지 못한다
몸을 섞고 살아온 늙은 부부에

평화

평화는 무엇에 쓸려고 있는 것이 아니다
평화가 길이고 정답이고 정의고 혁명이다

평화는 무엇을 위하여 있는 것이 아니다
평화가 목적이고 위안이고 사랑이고 행복이다

평화는 유일하고 개별적인 모든 목숨에게
공기와 햇빛과 물과 흙 같은 것이다

각을 갈아 원으로, 원을 깎아 각으로 만드는
폭력 너머 네 존재를 오롯이 존중하고

너와 넉넉히 공감하는 것이다
평화는

김정원 | 전남 담양 출생 | 2006년 『애지』로 등단 | 시집 『줄탁』, 『거룩한 바보』, 『환대』, 『국수는 내가 살게』 | 수주문학상 등 수상 | 한국작가회의 회원 | 한빛고 교사 | 이메일 moowi21@hanmail. net

시월의 봄 외 1편

조 영 심

사월에 시월의 봄을 건너보았는가, 라고 말하면 지금 너의 우주는 시월일 것인가 사월일 것인가

보랏빛 꽃송이들이 하늘 바탕에 분칠을 하는 지금

나는 언제나 섬이요 키 작은 봄풀도 서너 척이요 여남은 척의 오엽송도 몇 척, 이라고 읊으면 내 가슴은 시월의 섬일 것인가 섬의 사월일 것인가

제 꽃향기 한 모금 변변히 뿜지 못하고 어느 한 조각 다짐도 선선하지 못했던 시월의 어깨 어딘가에서

고개 숙여 나를 내려 보던 너를 털고 먼 하늘로 눈빛 쏘아 도톰한 꽃심으로 말을 건네던 그날을 두고, 두고, 사월이라 할 수 있을 것인가 정녕코

시월에 맞이하는 어느 봄날에

혼자 떨어져 오지게 견디던 내가 꽃받침 하나 없는 꽃으로 살다 순간, 그 꽃마저 사라지고 오로지 색깔 하나로만 기억될지라도

>

시월의 외진 봄날들도 꽃처럼 살다 보면 서로가 꽃으로 번지지 않겠냐고 사월에 너를 떠보고 알뜰한 시월에게 물어본다

시월 어디쯤에 사월은 살고 있었나

있나

피아노 맨

꼭 끌어안고 건반을 눌러보다 무대에서 말을 건다

가슴팍 넓은 훤칠하게 잘 다듬어진 몸매다 그랜드 피아노
한 대다 사람이 아니다 악기가 아니다 피아노 한 대를 꿀꺽
삼킨 막심이다

이런 맹목을 소리로 드러낸 게 사랑이라는 은유다

붉은 옷소매에서 강과 바다가 불려 나오고 흐르고 굽이
친다 오직 손끝 감각만으로 수레바퀴를 깎아내던 운편의
화신

그대의 굵은 땀방울 떨어지는 소리에 한 사람을 삼켜버린
피아노가 소리 죽여 우는데

사라진 함성이 젖어있는 커튼콜을 바닥에 깔고 투명한 산
처럼 앉아 깊어진 연주자

조영심 | 전북 전주 출생 | 2007년 『애지』로 등단 | 시집 『담을 헐다』, 『소리의 정원』| 현재 여수정
보과학고등학교 근무 | 이메일 titirangs@daum.net

혼자 걷는 밤 외 1편

박 은 주

1

지하철 마지막 칸에서 세상에 없는 얼굴이 웃고 있다

2

  알람이 울리면 엉거주춤 걸음을 옮긴다 열린 문 뒤에서 수군거리는 소리가 새어나온다 비밀은 들키기 위해 태어나는 것 문에도 귀가 돋아있기 바라며 가지를 뻗는다 목이 말라도 삼키면 안 되는 것들
  검은 복도를 따라 계단을 헤맨다 알아듣지 못할 발소리만 늘어난다

3

변덕스런 호기심에 몸을 도둑맞았다
나도 잠깐 빌려 쓰는 몸이라 속이 비어있다

입 열기 전에 판결이 끝나버린 법정처럼
발톱을 세운 짐승이 증거도 없이 나를 찢고 나오려 한다

사람들이 한 방향으로 흐른다

그들에겐 그들의 기억만 존재하므로
거기 섞여 바람 빠진 기억을 각색한다

삭제 버튼을 눌러도 로그가 남는 것처럼

눈이 녹으면 흉흉한 공터가 드러난다
가던 길을 뒤로 걸으며 떨어진 글자를 쓸어낸다
한 마디씩 뼈가 사라지고

변색된 일기에 표백제를 뿌린다 내 것이라 믿었던 첫 줄
도 희미해져 내게서 나를 지우는 동안

용서할 수 있다고 믿는다 누명 쓰기 적당한 온도였다고
거짓 목격자들 앞에서 숨구멍이 딱딱해진다

공터는 소문으로 스산하다 이번엔 누가 사라졌는지 아무
도 상관하지 않는다 한가운데 진실이 묻혀있어도

태어날 때부터 사라지는 법을 배운다
눈이 녹으면
바람도 표백되는 문장 속에서
사라진 뼈들이 드러날 것이다

박은주 | 2016년 『애지』로 등단 | 시집 『방아쇠를 당기는 아침』 | 한남대학교 사회문화대학원 문예
창작학과 졸업 | 이메일 ending_2001@naver.com

트롤리trolley 외 1편

김　　은

슈퍼마켓 한 귀퉁이, 찌그러져서
구석으로 밀려난 트롤리들
검붉은 녹 뒤집어쓰고
오후의 햇볕을 쬐고 있다

유연한 시절, 너끈히
네 바퀴를 굴리던 그때는
실린 무게로 포만감에 젖기도 했고
무쇠의 족속이라 남의 손에 잡혀서도
뼈대를 세우고 걸었다

이제, 구르지 못하는
저 뻣뻣한 관절들
상처 난 살갗마다 굳은 피 뱉어내며
깨진 화분 콘크리트포대 쇠파이프를
안간힘으로 안고 있다

일생 짐꾼이었던 삶,
잡동사니 쓰레기들마저 떠나버리면
분쇄기의 호출장만 있을 것이다

그래도 붉은 석양이 남았다고

서로 몸 기대어 버티고 있는 트롤리들
반짝, 장보는 사람들 향해
지문 묻은 손잡이를 내보이고 있다

낙엽 태우던 날의 기록

　고향집 뒤란, 아카시아나무 슬하에 콩깍지 같은 열매와 낙엽들 분분했다 새의 영혼이라도 빌려 입은 듯 흙담 너머 골목까지 풀풀 날아가는 가을 이파리들 봄의 우듬지에서 꽃 피워 씨앗 맺고 지키는 나무의 삶이란 게 자식들 밥줄에 휘감겼던 우리네 부모 이력과 다름 아니었다

　다음 생에는 새가 되어라 이르고는 아카시아 잎잎 주워 모아 화장을 치러주는데 불기운 닿자마자 휘감기는 희뿌연 연기 속에 아버지 뒷모습이 어른거렸다 노역의 땀방울로 이룬 둥지 속에 피었던 벅찬 생이 남긴 거라곤 고작 한 소쿠리의 식은 재,

　재만 남은 낙엽의 잔해를 부모님 모시듯 공손히 땅에 묻고 아카시아나무를 올려다보았다 탈탈 털려 뼈만 앙상하게 남은 빈 가지가 텅 빈 허공에 자리를 내주고 웅웅웅… 무채색 바람으로 엉기는 자식들의 울음을 온몸으로 받아주고 있었다

김　은 | 충북 음성 출생 | 2018년 『애지』로 등단 | 한양대학교 법정대학 대학원 졸업 |《호주동아일보》신춘문예 시 당선(2015년) | 해외동포문학상 우수 시작품 당선(2016년) | 초안산시발전소 회원 | 이메일 luchiaau@hanmail.net

사라진 광장 외 1편

권 혁 재

내일을 알 수 없는 순간들이
총탄으로 날아왔다
광장 건너편 빌딩 사이에 떠 있던
헬기에서 탄피가 삐라처럼
쏟아져 내렸다
난사를 당한 자유가
표적지를 관통한 외침으로 끊어졌다
끊어진 외침이
선한 침묵으로 떠도는 광장
미래를 걱정하던 사람들은
입에 재갈이 물리고
길바닥에서 개처럼 두들겨 맞았다
성난 민중들이 광장으로 집결하고
닥쳐올 진압대의 공격에 대비를 하였다
있지도 않은 자유와 민주가
미래에는 있기를 바라며
선잠으로 뒤척이다 서는 불침번
참으로 넓고 긴 광장의 고요였다.

통행금지

시청 앞 광장에 어둠이 내렸다
타다만 방어용 목재에서 핀 연기들이
골목을 휩쓸고 나와 광장으로 모여 들었다
깨진 화염병과 돌멩이가
패잔병처럼 누워 있는 광장
종일 투석전에 총성이 사라지고
최루탄 가루만 바람에 날렸다
어디든 연결이 되던 통신망도
꺾여 드러누운 전봇대에 막혀
내내 불통이었다
생사를 알 수 없는 아득한 불통이
불길한 탱크소리로 점점 가까이 밀려들었다
귀가를 하지 않은 한 무리의 사람들은
깨진 가로등 밑에서 나무 몽둥이를 들고
어둠이 덮은 시청 쪽으로 고개를 돌렸다
일제히 동작 그만! 하라는 듯
망루에서 사이렌이 울려왔다
금지할 수 없는 맥박이 더 크게 뛰었다.

권혁재 | 경기도 평택 출생 | 2004년 《서울신문》 신춘문예로 등단 | 시집 『투명 인간』, 『잠의 나이 테』, 『아침이 오기 전에』, 『귀족노동자』, 『고흐의 사람들』 등 | 이메일 doctor-khj@hanmail.net

노랑주전자 겨울마차 덜컹덜컹 달려가는 풍경 외 1편

박 수 화

1

무엇을 잃어버렸나 찾느라 그런지, 하늘이 온종일 잔뜩
찌푸리고 있네, 무엇이든지 하기 좋은 시간 오늘은, 흔들
흔들 난로 위에서 노랑주전자 저 홀로 끓고 있는데, 저 혼
자 세파에 흔들리고 있는데, 뜨거운 물방울 손등에 튀겨
가며 찻물을 따르던, 손길들은 훨훨 어디로 사라져버렸나

영성체 하러 나갈 때, 부지런한 손길 하얀 그녀 만났을
때, 난 등 뒤에서 걸어 나가다가, 앞뒤로 덜컹덜컹 그때 그
난로 위를, 겨울 정거장 역마차 수레바퀴 소리로, 탈탈탈
탈 내달리며 절로절로 흔들려도 보았지, 열기가 달아오른
증기기관 주전자에서는 쏴쏴, 물이 기쁨으로 끓어오르고,
애절간절 누군가 아직 샘솟는 희망의 노랫가락인지, 모락
모락 훈김이 피어오르고, 불길 단련 받은 수증기 마음들
모아, 따뜻하게 그녀를 위하여 기도 드려 보았나니

2

열정냉정 끓어오르던 마음들이여, 그 목자들은 먼 나라
신학교로 연수 가시고, 뒤따라 미국 교포사목 한 분 가시
더니, 초록 스웨터 가슴 가득 화사하게 꿈의 꽃다발이, 한
아름 안겨 작별인사 나누었나니

>

    멋진 '나눔 자리' 건물 다 지어놓고, 할아버지 할머니 형제자매 어린이들까지 따뜻한, 보금자리 애지중지 사용하고 있는데, 마당 난로 가에서 쪼개진 장작들 끼리 한 가족으로 나뒹굴던, 지난 시절 정담 나누고 언 몸 손발 호호 녹이며, 봉사하던 사람들은 3월에 흩날리는 눈 꽃발 사이로, 모두 어딘가로 자취 없이 어디로 사라져갔나니

시간의 얼굴
― 이육사 풍으로

겨울의 두루마기 자락이
홰를 친다,
홍매화 꽃봉오리들
어둑어둑 칼바람 뚫고 맺히던

새벽길 저 너머로
시간의 쇠사슬에 묶여 사라져간
한 선구자를 다시 만난다

한줄한줄 무서리 내린 보리밭 고랑
초인이 되어 걸어오는
한 사람이 있구나

낯익고 또 그 낯이 설다
또 하나의 눈섶달 얼굴을
시린 촉수로 더듬고 있다

박수화 | 2004년 《평화신문》 신춘문예 등단 | 시집 『새에게 길을 묻다』, 『물방울의 여행』, 『체리나무가 있는 풍경』 | 이메일 star2560@naver.com

황무지에 피는 꽃 외 1편

조 성 례

1
황무지에도 꽃은 피었던가, 눈비 내리고 바람 불수록 메
말라가는

2
달마다 꽃은 피어났다

가녀린 허리 하비작거리며
붉은 꽃잎은
방방한 엉덩이로
바람의 노래 따라 부르곤 했다
잘 여문 씨앗도 두 손 가득 받았다
어느 날부턴가
씨방이 문을 닫고 꽃잎은 낱낱이 떨어졌다
떨어진 꽃잎 하나 둘 시들어 가고
그 꽃이 왼쪽 뺨에서 피어났다
가뭄 든 논바닥 같은 틈 속에서 연분홍
몽우리 붉게 검붉게 자랐다

거울을 볼 때마다
빠라방 빠라방
폭주하는 오토바이 뒷좌석에 앉아

근육질 사내의 허리 부둥켜안고
머플러 휘날리며 교성을 지르고 싶은
그때를 기억한다
서랍처럼 끼워진 으슥한 골목 끝
수줍은 듯 움츠려 폭력적인 키스를 기다리는
달콤한 망고 같은

그런 은밀한 맛을 상상한다
의사는 다행이라 말하지만
잘려나간 종양에서 눈을 뗄 수가 없다

차가운 손끝에서 죽어간 꽃잎
솜뭉치에 묻어 나왔던 그것은
이미 검붉은 색으로 바스라져 있다
불순하게 욱신거리는 왼쪽 뺨을 잡고
거울을 본다

며칠간의 사랑을 덮은 거즈 속에서
붉은 꽃물이 뚝뚝 물들고 있다

바람의 터

장독가에 물봉선이 한창인데
빠져 나간 자리마다 바람이 터를 잡았다
어긋나 있는 문틈이 맨 처음 눈에 뜨인
그들의 통로다
때론 함부로 들어 와서 몸을 뉘었다 가기도 하고
들어줄 이 하나 없는 마루 끝에
계절의 안부를 놓고 가기도 한다 어쩌다
먼지나 낙엽들이 제 자리를 바꾸어 보는 것도
사실은 바람의 덕분이다
한 때는 아이들이 뒹굴었을 자리에
적막이 쌓여있다
망초 꽃대 우거진 자리 곁으로
염소를 매두었던 말뚝의 자리
둥글게 패어 있다

사람들이 버리고 간
폐가의 영역에선
움직이는 것과
멈추어 선 것들의 경계가 확연하다

오늘도
바람이, 바람만 다녀 갔다

조성례 | 2015년 『애지』로 등단 | 시집 『가을을 수선하다』 | 이메일 rkdirhrfl@hanmail.net

사차원의 뒤뜰 외 1편

오 현 정

누구에게 태어나 누구를 만날까
베틀 짜는 직녀야, 정원을 노니는 여왕벌 문양 앞섶에 새
겨줘

암술은 꽃봉을 두드리고 꽃봉은 꽃잎을 간 보다
더 진한 색을 공유하거나 등 돌리는 얼룩잠자리 날개 봐
소국小菊도 아릿한 바람 속으로 걸어가네

엄마 젖이 맛있네, 눈 뜨자
당신 참 멋있네, 눈멀고
별거 아니네, 눈 감는 게 인생인가 봐

대단한 것도 영원한 것도 아닌 세 가지 간間 사이에서
아, 이 맛! 그것을 만나기 위해
문과 문 사이에서 날마다
두드리는 수신부호와의 접속이 바로 삶인가 봐

내일 당신과 무엇을 할 것인지
우리 얘기한 것이 벌써 지금이 되네
공간에 시간을 더하니 이미 사차원의 뒤뜰이네

지나온 것 지우지 않고 당신 없이 여기

다가올 내일은 기다리지 않아, 저 혼자 오고 가다
　시간 중에 공간과 인간을 맛보고 혀끝이 식으면 폐간 될
것이네

　당신이란 압축파일을 열자 인간, 공간, 시간이 당신의 전
생애이듯

너의 즐거운 고백

사람들이 내게 올 때는 좋은 일이 있을 거라고 브이를 그리죠
아바나에서 이십여 분 자동차를 타고 쿠바의 리듬을 고개
짓하며 오죠

나의 풍만한 유방과 보컬 멤버들의 흥을 돋우는 엉덩이는
평화의 악기죠
아주 자유분방하게 사회주의와 자본주의를 오가며 신나게
흔드는 영혼의 밴드죠

내 이름은 다이메 아로세나
재즈에 몸을 담고
또 다른 정신을 울리는 누에바 에라Nueva Era를 부르죠

나는 늘 가난했지만 고통을 껴안고 빨리 녹이죠
당신이 최고의 디바가 될 거라고 말해줘서
마을 어귀를 날아다니는 잠자리, 바람에 춤추는 보라 꽃 넝쿨
내 가슴에 들어온 날 음표가 살아났죠
체게바라보다는 청바지를 입고 혁명보다는 낭만을 엄지 척
으로 치켜세우고 싶었죠

우리 가족은 늘 고정관념을 깼죠
생일 파티가 따로 없었죠

엄마와 할머니는 콩가 리듬을, 아버지는 루이 벨슨의 드럼을 흉내냈죠
  쿠바의 가수가 되고 세계의 스타가 되라고
  삼촌이 길거리에서 퍼커션을 연주해 모은 큽cup으로 나의 청바지를 사왔죠

  룸바와 소울이 재즈를 입고 식구들 팔과 다리 어깨와 목에서 나왔죠
  우리 집 양동이와 빗자루가 춤을 췄죠
  나의 노래는 원망 대신 울부짖음을 당신이 있어 함께 녹이는 고통이죠

  배고픔도 빼앗아가지 못하는 노래, 잠 속에서 흥얼대다
  휘트니 휴스턴을 만났죠
  천상의 머리띠를 두르기 전까지 절대 사랑을 잃지 말라고
  나의 우상은 말했죠
  소중한 사람들이 바로 음악의 환상적인 콜라보라고 내게 속삭였죠

  그 이명으로 아바나의 혁명광장 호세마르티 기념관 앞에서, 탑 앞에서도 노래했죠
  쿠바 독립의 아버지는 상처 입은 영혼들을 위해 관타라메

라를 만든 시인이죠

　관타나모의 아가씨는 남쪽이든 북쪽이든 나의 노래가 필요한 곳이면 달려가죠

　연둣빛 삶이 불타는 진홍색이 되다 때론 폭우에 잠기기 때문이죠

　나를 가르친 고향을 떠올리면 이념 따윈 사라지고 젖은 옷을 뽀송뽀송하게

　구름바람에 날리며 당신께 달려가죠

　병원침대에 누워서 사랑하는 사람을 부르면 늦어버리죠

　죽기 전에 하고 싶은 말 당신과 나의 무대 위에 있죠

　나는 관타나모의 아가씨, 당신의 굳은 심장을 다시 뛰게 하죠

　내 속에서 뭉클뭉클 샘솟는 보칼리스트는

　조국을 위해 목숨을 바친 사람들과 미래를 쓰다듬던 종려나무 숲 새끼사슴

　나를 믿어준 사람들을 위해 콩가 리듬을 깨고 나오죠

오현정 | 숙명여대 불문과 졸업 | 1989년 『현대문학』으로 등단 | 시집 『몽상가의 턱』, 『광교산 소나무』, 『고구려 男子』 등 8권 | 애지문학상, PEN문학상, 월간문학동리상, 들소리문학대상, 숙명문학상 | 한국문협 이사, 한국시협 이사, PEN 이사, 여성문학인회 이사 | 이메일 every424@han-mail.net

두부를 건너는 여자 외 1편

이 영 식

피랍 365일째
어머니는 두부처럼 앉아계시다
요란했던 구급차 울음소리로부터 시작된
격리,
머리맡 수북이 쌓인 약봉지 펼치듯
사계절 돌아온 홍매가 충혈된 눈을 떴다
오늘도 어머니는 두부처럼 앉아계시다
세상 건너는 법 알려 주마는 듯
두부처럼 소리 없이 웃으며 고요하시다
반복의 틀에서 찍어지는 하루
5인실 병상 커튼과 링거 병에 둘러싸인
두부는 생각도 하예지고 있다

내가 파먹고 내가 버린 두부
내가 속을 썩여서 식용도 못되는 두부
노인 병원 철제침대 모판에 갇혔다
두부는 무엇을 도모하지 않는다
사랑하거나 미워하지 않는다
오늘도 어머니는 끝물 두부처럼 앉아계시다
두부를 건너고 있는 저 가슴 속
연분홍 치마 휘날리는 처녀가 남아있는지
'봄날이 간다'를 불러 달라신다

백발 나날이 흑발로 갈아입고
텅 비었던 잇몸에 다시 이빨이 솟는다
식어버린 순두부 같은 계절이다

입술에 붙었던 이름 하나 둘 떼어놓으며
오늘도 두부는 파킨슨 씨와 놀고 있다
내, 어머니를 건너가고 있다

폐가의 식사법

사람을 벗었다

인적 끊기자 빈집은 獨居로 방치되었다 1일 3식 하던 식사도 끊고 공복상태를 유지했다

위 대장이 쉬면서 소화분해흡수를 방해하던 독소가 빠져나갔다 카드빚 마이너스 통장으로 몸살 앓던 악다구니가 잦아들었다

사람냄새를 지운 집은 제 몸 곳곳에 실금을 긋기 시작했다 진흙 벽 금간 틈새마다 실핏줄 같은 길 내고 바람을 들어앉혔다

생체리듬 밸런스가 조절되었는지 혈당이 떨어지고 정신이 맑아졌다 폭삭 주저앉아도 좋을 만큼 그림자도 몸피를 줄였다

슬하에는 사람들이 뽑아 패대기치던 잡초를 키웠다 풀꽃의 수화에 나비 떼가 화답하며 날아들었다

깨진 달팽이관 속으로 벌레 울음소리가 씨알씨알 자라고 밤마다 뭇 별들의 방언이 쏟아져 들어왔다

>

　거미줄에 매달린 이슬의 개수만큼 물방울 우주가 탄생했
다 공복을 건너는 하루는 텅 빈 에너지로 충만했다

　폐가의 날들이 싱싱하게 뿌리를 내렸다

이영식 | 2000년 『문학사상』으로 등단 | 시집 『휴』, 『희망온도』, 『곰갈빵이 먹고 싶다』 | 문화예술
위원회 창작기금 수혜 및 문화관광부 우수도서 선정 | 이메일 lys-poem@hanmail.net

알루미늄 역사서 외 1편

조 옥 엽

떠난다는 건 돌아온다는 다른 말
출발점과 귀착점은 언제나 집이다

지금 나는 화살머리고지가 쓴 역사서를 읽는 중이다

금단의 땅에서 사력을 다해 버텨온
녹슨 인식표와 누더기 수통 하나

끝내 눈감을 수 없었던 몸들에겐
나름 중대한 사유가 있다

미친 듯 쏟아지는 포화 속에
마음의 준비도, 슬퍼할 겨를도 없이

무로 돌아간 병사의 귀향을 위해
명패 끌어안고 견뎌온 65년

언어의 클라이맥스는 침묵이다

숱한 총알을 삼켜
지구상 모든 문자를 깡그리 지워버린 유품

\>

오늘을 예견했을까

뺨과 뺨을 포개 겹 지켜오던 가랑잎들
참아왔던 울음 터트리며 뒷걸음질 친다

壽

숟가락에 글자 하나 걸려 있다
꽃 모가지 허공에 걸리듯 대롱대롱 걸려있다

해서체의 목숨 壽

숟가락이 곧 목숨이란 말인가
숟가락에 목숨이 달려있단 말인가

이승에 와서 맨 처음 만나
뜨거운 입맞춤 거듭하다
죽음의 문턱에 이르러서야 비로소 갈라서는

수시로 긴밀히 접촉하면서도
진지하게 생각해 본 적 거의 없는

허나 가만히 되짚어보면
생사를 가리는 척도가 된 지 오래인

이 세상 누구보다
큰일을 하고 있는, 큰 말을 하고 있는

우리들 역사가 진행 중인 숟가락 하나

우리들 역사에 종지부를 찍을 숟가락 하나

지나온 생 돌아다보듯 오래도록 들여다본다

조옥엽 | 2010년 『애지』로 등단 | 시집 『지하의 문사』 | 이메일 chookyup@hanmail.net

말 방 외 1편

박 정 옥

캄캄한 입 속에서 급히 튀어 나온 말은 어둠입니다. 이목 구비 또렷한 어둠속 또한 고립입니다. 햇빛 차단된 식물성 몸짓으로 던지는 절벽입니다.

입 속은 그러니까 말이 도배된 엄숙한 방으로 어제도 오늘도 그제도 추상적이게 네, 모난 방에 갇혀 도착을 모르고 간략한 일생이 되려합니다. 서사가 되려합니다.

벽지처럼 서 있던 어떤 것은 불씨처럼 살아나 말과 말 사이 모방을 본뜨는 벽보가 되려합니다. 누구에게 얼굴이 되려합니다. 목소리를 끄려합니다. 그리고 격려합니다. 그리고

말의 뒤에 숨어 박수를 칩니다.
박수를 받고 튀어버립니다.

그해 읽은 책

오래 된 팽나무를 읽었다
나의 상상을 이해하려는 잎은 상형문자로 활판되었다
오독에 따라 내면이 되어 가는 문자는 허공을 오른다

포구나무라고도 불리는 그 열매를 씹어 먹다
우거진 세월을 받치고 있는 단단한 줄거리를 헤집으며
나무의 습지에 발목을 넣어본다 이름이 젖어 있다

어두운 수피에 대고 너희의 이름을 불러본다
이름은 서늘한 목덜미로 나를 꿴다 그해 누가 목을 매었
듯이

새들은 제 그림자에 놀라 나무의 여백으로 날아오른다

잘못 배달된 편지가 있었다
페이지는 납작 엎드린 채였다
마을을 돌고 훌쭉해진 배낭을 멘 우체부. 먼저 윷판을 벌
렸던 마을사람들이 권한 잔을 뿌리치지 못했을 거라 추측
하면서, 경남 거창군 신원면 수원리 거창난민 학살과 경남
거제군 신현면 수월리 거제 포로수용소가 확연히 다르다
는 걸 몰랐을 거라 추측하면서, 다시 쓸어 담을 수 없는 편
지, 정자나무 아래서 기다린다고 계약서처럼 꾹꾹 눌러 쓴

활판을 기억은 분홍으로 제본 해두었다 주석이 필요했지만
그때 대청마루에 던져진 편지는 불쏘시개가 되고 그 나무,
여태 젖어 있을 것이다

　거목은 습윤성濕潤性 분홍으로 감수자監修者 없는 책으로
남았다
　쓰나미처럼 미안한 독후감이었다

박정옥 | 2011년 「애지」로 등단 | 시집 「거대한 울음」 | 이메일 pjo08@hanmail.net

사구砂丘 외 1편

임   봄

한 번의 이별과 또 한 번의 이별,
발이 없는 것들은 소리를 삼키는 버릇이 있다.

사주에 물이 없는 여자와 온 몸이 물인 아이가 마주한 저
녁, 여자는 가만히 아이의 찬 이마를 짚는다. 천년 전 어느
바위를 휘돌았던 물이 정수리를 돌아 나와 여자의 손바닥
길을 따라 흐른다. 바위에 숨은 고대인들의 손아귀에서 펄
떡이던 은빛 물고기의 긴 울음, 사막을 본 적 없는 물은 대
지의 겹에 갇힌 전갈의 생을 닮았다.

모래언덕 위로 철새들이 내려앉는다. 해당화 꽃잎 흔들
리는 소리가 들리는 오후 다섯 시, 사구에 머무는 바람은 빵
의 유전자를 가졌다. 그 빵에 중독되면 사람들은 죽음을 떠
올리게 된다. 싱싱한 과일 속에서 통통하게 살이 오른 애벌
레를 처음 보았을 때처럼 잠시 만질 수 없는 일초 후의 삶을
떠올리기도 한다.

전생을 기억하는 한 알의 모래와 이제는 썩어 문드러진
과육을 기억하는 벌레들, 삶의 유일한 단서를 남기지 않는
것들을 위해 한 줄의 부고를 적는다. 함부로 벗어놓은 신발
들 사이에서 흐르는 물에 편입하기 위해 악착같이 생의 목
구멍으로 육개장을 밀어 넣는 사람들, 흩어지지 못한 뜨거

운 기운을 귀신이라 하던가.

    희고 가느다란 목 위에서 무겁게 주억거리는 너의 웃음이 흰 파도의 겹 속으로 사라진다. 내 어깨는 자꾸 네게로 기울어진다. 오후 다섯 시의 사구에서 찰나의 온기를 손에 감싸고 아직 오지 않는 부고를 기다린다. 저 멀리서 어미를 부르는 새끼 고라니 울음소리가 들린다.

지상의 천사*

떠오르지 않는 기억이 늘어갈수록
하늘거리는 블라우스 개수가 늘어간다
문장을 떠올리며 짧아진 손톱들과
흰 연기를 따라 사라질 무녀의 이야기들
9회 말 투수는 초조하게 배트를 감아쥔다

건조기 안에서 젖은 빨래가 돌아가고
책장의 먼지가 은하수처럼 흐르는 오후 3시
나는 책장에 웅크린 흰 수염의 노인과
알 수 없는 이야기를 나누며 젊어지고
애인은 농담처럼 가벼운 손을 흔든다

밤새 문을 긁던 고양이와 그 위를 덮은 흰 눈
불길한 손을 내젓던 사람들은 더 굳게 문을 잠근다
내 것이 아니었던 일분과 일분 사이에서
그리움에 지친 당신은 초 단위로 늙고
맹렬했던 슬픔은 갈수록 진화한다

둥근 등으로 흘려보낸 물소리
광야를 걷던 코뿔소의 외뿔 위에서
날개 잃은 지상의 천사들은
단단한 주석 뒤로 숨어 보이지 않는다

외마디 비명을 향해가는 사이렌 소리가
철 지난 새벽을 가르며 질주하고 있다

* 이혜원 비평집『지상의 천사』책 제목 인용.

임 봄 | 경기 평택 출생 | 2009년『애지』로 등단 | 2013년『시와사상』평론 등단 | 시집『백색어 사
전』| 이메일 foxant@hanmail.net

도레미파, 파, 파 외 1편

김 늘

돌돌 만 김밥이 아니라
파김치를 돌돌 말아 입에 넣는 밤

푹 삶은 돼지고기같은 유들유들함도 없이
붉고 노란 고명같은 화려함도 없이
빳빳하고 알싸했던 아버지가 심은 쪽파가
겨울을 견디고 돋아
파김치가 되어 식탁에 올랐어요

추운 겨울에 아버지는
종이처럼 얇아져 창백하게
산골짜기 병원 천장만을 바라보다
흩어졌어요,
진눈깨비처럼

가늘고 매운 파를 까던 고요한 오후에
어머니는 홀로 끝도 없는 눈물을 훔쳤다네요
발을 잃고, 말을 잃고,
겨우 파 몇 뿌리 남겼다며
파잎처럼 목을 꺾고 들먹였다네요

대나무처럼 딱딱하게

덜그럭거리던 아버지가 남긴
야들야들한 파를 씹고 있는 사월이에요

도레미파, 솔라시도레미파
한 옥타브를 건너도 다시 돌아오지 않을
아버지의 파를
매운 눈물을 흘리며 씹고 있어요

본명

침,
묵,
나의 본명입니다.

삐걱이는 의자 위에 내려앉는 저녁처럼
몇 알 밥풀이 남은 그릇에 떨어지는
한밤의 정적처럼
읽다 만 책 위로 쌓여가는 부연 망각처럼

나의 장기長技는
표정 없는 표정
말없는 이야기
그림자의 그림자

어쩌면
얼룩이 토해놓은 울음
거울에 남은 짧은 응시 같은 것
기울어가는 빈집 처마에
가볍게 살랑이는 적막같은,

끝내
기억나지 않는 어떤 꿈

어쩌다
몸이 떠난 곱게 낡은 옷

김 늘 | 2017년「애지」로 등단 | 이메일 eskim-1106@daum.net

음악분수 외 1편

정 가 을

크고 날선 칼로 잘라
여러 개의 병에 나눠 담는다

너는
재단사

찰방거리며 높아지는 반항의 수위

꿰매면서 신맛으로 붉어지는 벽

쏟아지며 할퀸 자국
숨 한 겹의 무게

들릴까말까 한 말
오른쪽 눈밑 떨림

얼굴과 상관없이
다른 몸으로 태어나는
요오드새, 초록색 그리고 붉은 삼각 플라스크

그 속에 잠긴
두꺼비집

구겨 신은 운동화 뒤창으로
걸어 들어온 한줄기 빛살에게

매끈한 벽에 쓸린
까만 복숭아뼈를 차로 내어준다

내어준다
이제껏 버틴 사과

내어준다
마른 장작의 등

다
내어준다

정가을 | 본명 정혜정 | 대구 출생 | 계간 시전문지 『사이편』 편집장 | 2018년 『애지』로 등단 | 이메일 qnwls@naver.com

동행 외 1편

탁 경 자

무뚝뚝한 아버지의 웃음 끈을
자주 고무줄처럼 늘려 주었던
복돌이가 집을 나갔다

아버지가 지어준 이름표를 달고
수수께끼 같은 의구심을 쏟아 놓고는
다시는 돌아오지 않았다

마당에 풀들이 귀를 쫑긋이 하고
대문을 오래도록 열어두는 오후
빈 밥그릇 안으로 잠깐인 듯 꼬리를 살랑이다
햇살 틈 사이로 빠져 나가버린 귀욤이
복돌이 참 고놈이 고놈이
헛기침을 허공에 몇 번이고 부려 놓고는
마루에서 빈방으로 느리게 들어가시곤 하던

그해 여름 아버지는
병원에서 끝내 돌아오지 못했다

바짝 마른 옹 얼기럽을 자식보다
더 많이 알아들었을
컹컹,
복돌이가 집을 나간 이유를 아무도 모른다

105호 병실

그가 집을 나섰을 때
미처 피우지 못한 담배들이 배웅을 했다

폐엽 줄기에 불씨가 자라서
폐벽은 종일 몸살을 앓았지만
구석에 쪼그리고 앉아 있으면
손가락 사이로 어둠이 번져 나갔다
고적의 냄새만 떠도는 우리 안에서
발길을 어디에 두어야 할지 알 수 없는 그
사방으로 막힌 바람처럼
병실에 갇힌 그의 입은 모래알을 씹는지
가끔씩 하얀 돌가루를 뱉어냈다

서울병원 105호실
허락도 없이 목으로 들이닥친 거친 선들이
함부로 성대를 건드려 그의 마지막 말을 빼앗아 갔다
사각의 노트에 적은 말의 파장
집으로 가는 길을 잃어 버렸다

검은 수의를 입고 항아리 안으로 들어가는 그
담뱃불 지지는 소리가 오랫동안,
곡성으로 울렸다

탁경자 | 2017년 애지로 등단 | 이메일 tak5708@hanmail.net

오래오래오래 외 1편

유 계 자

모래밭에 구령을 맞추는 갯메꽃이 있지
바다를 향해 쨍쨍하게 나팔 하나씩 빼어 물면

자갈자갈 거품 문 게들이 발바닥에 짠 내음을 불러들이지
면 바다에서 아직 돌아오지 않는 안부를
뱃길 따라갔던 갈매기들이 가끔 물고 오지

외할머니가 가르쳐 준대로
갯메꽃 입술 가까이 대고 따개비 같은 주문을 외워

오래오래오래

숨 한번 크게 들이쉬고 중얼거리면
메꽃 속에서 긴 밧줄을 타고 꽃씨 닮은 개미들이 줄줄이
기어 나오지

하나 둘 개미를 세며 기다려 줘야 해
외삼촌을 기다리는 외할머니 앞에선

그러는 동안 밀물이 찰싹찰싹 발등을 간질이지
눈물 비린내 묻은

>

오늘도 남은 사람들은 혼자 갯메꽃 주문을 외우며
물수제비를 던지지
퐁퐁퐁 물발자국 딛고 오라고

해가 지도록 오래오래오래

바다 회사

회장은 달
회사명은 밀물과 썰물

조금 때만 쉴 수 있는 어머니는 달이 채용한 2교대 근무자

철썩,
백사장이 바다의 육중한 문을 열면
발 도장을 찍고 물컹물컹 갯벌 자판을 두드려 바지락과
소라를 클릭한다

낌새 빠른 낙지는 이미 뻘 속으로 돌진하고
짱뚱어는 뛰는 놈 위에 나는 놈을 살피느라 정신없고
농게는 언제나 게 구멍으로 줄행랑치기 바쁘다
성깔 있는 갈매기는 과장되게 끼룩 끼끼룩 거리며 잔소리
를 해댄다

가끔 물풀에 갇힌 새우와 키조개를 불로소득 하지만
실적 없는 날은 녹초가 되어 비린내만 안고 퇴근한다

평생 누구 앞에서 손 비비는 거 질색인데
겨울바람에 손 싹싹 비벼대도 승진은 꿈도 꾸지 못했다

>

자별하다고 느낀 달의 거리마저 멀어지자
수십 년간 충실했던 밀물과 썰물 회사를 정리하였다

파도 같은 박수 소리
근속 훈장 하나 받아보니 구멍 숭숭 뚫린 직업병이었다

유계자 | 2016년 애지로 등단 | 이메일 poem-y@hanmail.net

분꽃 마을 외 1편

곽 성 숙

화순 이서 가는 길 폐교 앞마을은
대문간마다
저녁밥 재촉하는 분꽃이 피어 있다

골목마다
졸고 있는 개와
나른한 고양이가 있다

화순 이서 가는 길
폐교 앞마을엔
엄마 목소리 들리는 분꽃이 있다

일평생 대문 앞에 피어 있던 분꽃이었다
종종종 저녁밥 지어내던 분꽃이었다
흰 머릿수건 쓰고 사신 분꽃이었다

엄마는 단발머리 여자아이
나 하나만 바라보던 분꽃이었다.

애자*씨

하늘이 되고 싶었다
새가 되고 싶었다
밤이면 빈 몸에 둥지를 틀고 잠들고 싶었다
이룰 수 없는 사랑 하나에 눈멀어 밤낮없이 앓고 싶었다
때로는 맑은 바람이 헹궈 주기도 하겠고
곪은 속을 핥아주기도 할테지

생각들로 견딜만 했다

그녀는 불러들인 사랑과
천지를 떠돌고 있었다

그가 떠났다

심장으로 그를 관통시킨 채 살아가는 일은
해가 뜨고 지듯이 속수무책이지만
익숙하고도 마땅한 것이기에
뜨거운 하늘을 안고 사는 애자씨는
이 더위를 정통으로 뚫고 다녀도 좋았다

만나는 그 모든 것이 다시 이별이고
다시 그리움이고 다시 기다림의 시작이다.

   * 전기 전선을 지탱하고 절연하는 기구.

곽성숙 | 전남대 중문과 졸업 | 시인, 시수필가, 동화구연가 | 2014년『애지』로 등단 | 제1회 무등산 공모시 대상 수상 | 시수필집『차꽃, 바람나다』,『차꽃, 바람에 머물다』 | 시집『날마다 결혼하는 여자』 | 이메일 kss4560@hanmail.net

주식株式, 주식主食 외 2편

김 혁 분

　마이더스 손이라 했다 손잡고 대우량건설 감자주를 샀다
마이더스 손은 삽질하는 마이너스의 손이었다

　주식은 퍼 넣을수록 뼈아픈 밥 같았다 전광판 가득 오르
내리는 말씀의 장에 들어도 선약해 놓은 요람 가득 푸른 화
살만 빗발쳤다

　누군가는 치고 빠지다 자빠지고 누군가는 치고 들어가다
자빠졌다 찬밥이 될지 쉰밥이 될지 모르고 뜨신 밥이라 믿
었다

　김빠지는 소리가 들려도 운칠 삼기는 재력에 이르는 지
름길이라며 끌어 모은 전錢을 투하했다 뒤늦게 틀어쥔 상투
였다 치고 빠질 순간에 치고 들어가는 개미의 악수握手였다

　망둥이가 뛰니 꼴뚜기도 뛰어야 장이라고 물 타기를 한
다 하수도 안 잡는 떨어지는 칼날을 잡았다 끝까지 가보는
거다

　치고 빠지는 묵언수행도 세시 반이면 해제되지만 밑장 빼
서 다진 쌍바닥은 한밤중에도 묵언중이다

>

　관은 영관을 달고 외인은 와인을 들고 돌아설 때 눈감고
경구를 외는 신념은 독실한 신앙이 되었다

　주식株式은 삼시세끼 어금니를 씹어야 하는 주식主食과의
악수惡手였다

아무 일 아닌 것도 걱정이 되는

아무 일 아닌 것도 걱정이 되는 것이 사랑의 일이었다

맥 빠지듯 일상을 놓은 당신이 잠깐 흐려졌다 봄이 오는지 동백은 더 붉게 떨어지고

계절의 말미에 닿으면 이제는 혀끝도 무뎌진단다

자꾸 짜지는 손맛처럼 세상이 쉽게 절여진다는 당신의 말이 죽비소리처럼 들렸다

꽃구경 한번 실컷 못했다는 당신과 오늘은 꽃구경 간다

봄바람을 밀며 동백꽃 열차에 몸을 싣는 당신을 보며 유채꽃 피기 전에 입맛이 돌아왔으면 했다

덜컹, 꽃무덤에 갇혔다

지천으로 달아나는 봄꽃 속에서 개똥밭에 굴러도 이승이 좋데요라는 말을 흐렸다

꽃무덤에 파묻혀 웃고 있는 당신을 보며 아무 일 아닌 것도 걱정이 되는 격정의 봄이었다

쓰 – 윽

쓰 – 윽

이런 기분 알아?

내 터전은 바닥이라 더 이상 털어낼 바닥은 없어

훔친다는 것은 네 것 내 것 없이 전부를 취한다는 말

훔치고 터는 일은 손 탈 일이 없어 천직이라고 말하지

어떤 손가락 끝도 나는 따라가지 닦을 것은 넘치고 넘쳐 나

내 안목은 녹슬지 않아 털면 모두가 빛을 내지

바닥은 차고 넘쳐 내 눈은 비켜갈 수 없지 손에만 들어오면 동작 그만!

이런 이런 뒤를 들추려 하지는 마 털어 먼지 안 나는 놈 있어?

내게 마음 쓰이는 건 당신이야

>

  세상 당당하게 훔치며 산다는 것이 얼마나 아름다운 위로
인줄 알아

  걸레는 빨아도 걸레라는 말은 이제 옛말

  그러니 쓰 – 윽 오늘을 닦아 봐

김혁분 | 충남 보령 출생 | 2007년 『애지』로 등단 | 이메일 kimhb1212@hanmail.net

보바리 부인의 열애기 외 1편

최 혜 옥

용빌의 명물을 받아주세요 레옹
갓 굵어진 감람나무처럼 싱그러운 나의 레옹, 절 사랑하
나요
—아마도, 부인

레옹은 파리로 떠났어요 로돌프
돈 많고 잘 생기고 매너 좋은 멋쟁이
꽃물처럼 달콤하고 세상에, 난폭할 줄도 아는 나의 로돌
프, 절 사랑하나요
—아마도, 부인

늘 같은 노래만 부르는 새들아
어제 같은 오늘이 또 후줄근히 무덤을 향하는구나
내일은 뭔가 놀라운 일이 생길까
—아마도요, 부인

레옹도 로돌프도
여기 없어요 행복은 더더욱,
시골 의사 따윈 시시하고 지겨워
내일 떠나요
다만 착한 샤를, 아마도 당신은 절 사랑하겠죠

술

참으로 너는 붙임성 좋은 여자

도톰하게 낭창스런 네,
곡선이 곡선 지는 허리 결
어찌 감겨들지 않을 수 있을까

스르륵 더워지는 것이지
경계들이 삭아 내리는 것이지

떼 지어 구경 나온 별들
까만 하늘 숭숭 뚫고 우릴 들여다볼 때
가르랑대는 너의 교태
발톱 비비면서 앙가슴을 파고든다

너는 아프고 나는 부풀고
그 밤, 기어이
경보가 울리는 것이지, 마침내
일제히 퍼지는 종루란 종루의 울음을 타고
부둥켜 실종하는 것이지 먼먼 열대 숲으로

냉혹한 아침은
터무니없이 빨리 온다

술에 탄 꿈이, 깬다

최혜옥 | 충남 보령출생 | 중앙대학교 예술대학원 문예창작전문가과정 수료 | 2018년 『애지』로 등단 | 이메일 : whatdo12@naver.com

선잠 외 1편
— 아라 홍련*

임 현 준

전운이 드리운 서늘한 가을이오

아침나절 하늘을 갈던 솟대의 오리가 길 헤매나 봅디다

북방 기병이 해안을 뜯으며 낙동의 민낯까지 들춘다는 풍문이오

기별은 닿질 않고 들창만 무두질해서

숫경 다스리던 당신 축축한 어깨를 본 듯도 하였소

어슥 나절에 들씽이는 옷자락 붙잡고 풍신을 여쭈었더니

담금질하는 아우성만 밤을 들쑤시어 놓더이다

발자귀는 귓바퀴를 맴돌다 구야국에나 있을까마는 어찌

거푸집 잡을 흙토 구하러 낙동 기슭은 북망까지 닿았소

강은 제 몸 비틀어 눈 시린 사금파리로 날아갈 양하여

여문 육신 던져도 보았소

하여 낙동의 알은 누가 품겠더란 말이오

심장은 무른쇠가 되고 옹골쇠가 되고

눈감으면 뵈는 해의 속살로 속닥이는 억만 돈의 불씨

모르겠소 씨앗일 양 불덩이일 양 주물하는 무게로는 모르겠소

찰나가 하루가 되고 하루가 내내 까무러칠 칠흑되는 억겁에도

애인 몇 걸어놓은 동구에 한 여인네의 숨소리

짠바람 망망한 바다 건너온다더니

염치 절인 낯을 얼마나 헹궈야 하오리까

어딘들 깨진 거푸집 함부로 내버리겠소

핏덩이를 쏟뜨리고 피딱지로 누우면 땅은 거푸집 되더이다
당신은 쇠강에 두고 두드리는 쇠날이
땅 갈고 씨앗 심궈 열매를 일구리라 하셨소
살과 피를 비집고 들어오는 칼날도 그러하더이다
초승달이 날카롭게 벼려서 아름 보름 되더이다
무덤도 흙가슴이라 비려서 아린 열매 맺더이다
낙동 낙동
한없이 외따로워 무러운 가을밤
꽃대 위에나 펼쳐나 보겠소
물낯 우로 기우는 해님일랑 붙잡아
붉은 놀 적셔나 두겠소
벼린 잠 스르랑 서르랑 오시면
고봉밥 품고 천년의 하루로 솟기나 하겠소
향기로 배 채우는 꽃턱 같은 밥 핀다지 않더이까
낙동 낙동 잠깐의 잠
졸음은 껍질같이 깨지지 않더이다
멀리 강기슭 이끌고 걸어오시는 한나절
쇠갑옷 같은 잔모래밭 무두질이나 해주시오
쇠 식히는 천년의 잠
낙동 낙동 피우리다

* 아라 홍련阿羅紅蓮 : 함안군 가야읍(옛 아라가야) 성산산성에서 출토된
  700여년 전 연꽃 씨앗.

임재승

아버지가
넘들에게 띄엄띄엄 보이지 말거라이
방에 들어가면서 하던 말이다

아버지 가방을 열다가 허겁지겁
달그락거리는 사탕통 틀니
퐁퐁 한 방울로
솔질하는 뾰족한 입술의 아버지

염하는 데서 울다 왔는데
빈 의자에 앉아 콧등 돋보기 너머로
현준아 현준아

째깍째깍 빈소를 매달고 사방 가리키는 방향으로
벽을 쪼개놓는 아버지의 글씨

발인 예배 때 거기 누워서
들리지도 않는데 생생불식 튀는
생목소리 찬송가

발볼 큰 구두만 봐도
깜장 지갑에서 꺼내는 손만 봐도

육개장 뻘건 국물만 봐도

띄엄띄엄 막막하게 먹먹하게
온통 달그락 달그락
현준아 현준아

다 알려줄 것같이
아버지가방에들어가시다

임현준 | 전남 벌교 출생 | 단국대학교 대학원 문예창작학과 박사 수료 | 2018 여름호 『애지』로 등단 | 이메일 hyunjoon80@naver.com

대나무 외 1편

임 덕 기

추울수록 낯빛에 생기가 넘친다

불어오는 맵찬 바람에
서로 등을 기대고
틈새 바람을 막고 서 있다

된바람이 몰려와
세차게 옷자락을 흔들면
온기를 잃지 않으려고
사스락사스락 잎새 소리에
휘몰이 장단으로 춤사위를 펼친다

아픔으로 가슴 속이 텅 비었다

가슴 속 빈자리를 바람으로 채워
꺾일 듯 꺾이지 않는 힘이 되었다

앞선 바람이 지나가고
뒤따르는 바람이 다가와 흔들어도
땅 밑에서 세력을 뻗어나간다

추위를 두려워하지 않는

북방계 유목민처럼
도전정신이 강한 종족이다

뿌리는 계속 생각을 확장 중이다

시간의 뒤편

묻과 이어진 줄을 놓아버린다

하루가 얕은 물에서 끌려나온다
삐거덕거리는 시간이 눈앞에 얼비친다

도시사람들은 이유도 모른 채 질주하고 있다
조밀하게 짜인 그물망 위에서
허공에 뜬 풍선을 잡으려고 허둥거린다

제한된 공간에서
꾸역꾸역 삼켰던 그늘진 일상들
오랫동안 과부하에 시달렸던 날들
덜컹거리다가 주저앉는다

짭질밧지* 못한 어제와
장승처럼 서 있던 내일이
그 모습을 내려다본다
매몰찬 오늘이 설레발치며 달아난다

부드럽게 시동을 다시 건다
시긴의 뒤편이 또렷하다

* 하는 일이나 솜씨가 깔끔하다.

임덕기 | 경북 포항 출생 | 이대 국문과 졸업 | 2014년 『애지』로 등단 | 시집 『꼰드랍다』 | 수필집 『기우뚱한 나무』 | 국제펜클럽 여성작가위원회, 한국여성문인회 회원 | 이메일 limdk207@daum.net

폐허의 경고 외 1편

강 우 현

빌딩 사이
누군가의 불투명한 내일이 전시되어 있다
시멘트와 철근을 이용한 고층의 설치 미술
무엇을 말하고 싶었을까
눈물과 한숨을 외면한 모습
흐트러짐 없는 층층의 각까지
표현이 골똘하다
계획을 수정하고 싶진 않았을까
욕심이 평행한 계약서는 상대편의 손해를 요구하며
방점을 찍듯 나사를 조였다
예술이 사기라는 어느 작가의 정신을 차용한 듯
아우성과 절망을 온몸으로 말하는
수술 불가능한 도시의 그늘 ,
허방은 어디쯤 숨어
웃음의 역할을 삭제했을까
시간은 튀어나온 골조를 더는 체크하지 않고
바람만 지름길로 세를 늘린다
유리창 너머
꿈이 몰수된 폐허의 도시
녹이 번지는 경고라는 제목의 작품이 서 있다

원판 변형의 법칙

누가 집도했을까
드라마의 두 여주인공 얼굴에서 메스 냄새가 난다
같은 모양의 다른 두 얼굴

인물을 사실대로 찍는 것은 용감한 일
누구나 신의 완성품이지만
욕심은 키가 커서 디지털카메라나 스마트폰을 진화시킨
다

레몬주스는 얼음 위에 레몬 한 조각이 꽂혀야 하고
카페오레나 카페라테는 우유의 맨살을 보여줘야
입술이 핥는다

더 더,
군침 도는 입맛을 향해
불을 입고 소스를 걸친 퓨전 요리가 태어나듯
변형의 법칙을 적용하는 것

액수와 상관없이
삭제된 원판은 복원해도 물과 기름 같아서
가끔 고개가 끄덕여지는 주름은 다큐멘터리 속에 산다

중력은 원본이나 수정본에 원판 불변의 법칙을 고수할 뿐
이다

강우현 | 2017년 「애지」 등단 | 이메일 vkfkdto1018@hanmail.net

아보카도 아보카도 외 1편

김 지 요

캘리포니아롤을 타고 뱅글뱅글
돌아 온 너를
버터맛이 난다고
비릿하다고 난 정말 모르겠다고

칼로 자르고 비틀고
커다란 씨를 꺼내야 네게 이르네

악어배를 가를 때처럼
가슴이 뛰고 두려운 건 뭘까
내 손 안에 사로 잡힌
검붉은 등

도망가지 않는 것들이
제일 무섭다는 걸 너도 알겠지

아보카도, 아무 것도
모를 때가, 가장, 무서운 거라고

윤기가 흐르는 등을 내밀며
찔러보라구
비틀어보라구

고작
과도 하나도 못 부리는
아무것도 아닌 나를,

빤히 돌아보는

TGYK24*

나는 지금 여기에 있다
한 世界를 깨려고

견고한 침묵으로부터
흘러내리고 싶다
이마를 짓찧으며

냉장고 문 사이
새어드는 빛에 매달려
날짜를 센다

가위 눌린 잠에서 깰 때처럼
소리가 밖으로 나오지 않는다

표정을 알 수 없는
알들에 둘러싸여
일상은 복제되고 있다

난생 처음 '한 판'으로부터
혼자가 되었을 때

똑같은 창문, 계단

숱한 卵生들
문을 걸어 잠그면
수인번호 607호

'너머'로 옮겨가지 못한
하루가 또 저문다

* 달걀의 고유 인식기호.

김지요 | 2008년 계간 『애지』로 등단 | 시집 『붉은 꽈리의 방』| 애지 작품상 수상 | 이메일
young-3023@hanmail.net

걸려 있다 외 1편

황 정 산

빈 놀이터 녹슨 철봉에 빨랫줄이 매어 있다
어느 날 없어진 아이들이
빛바랜 난닝구 늘어진 꽃무늬 몸뻬가 되어
거기 걸려 있다
쉬이 늙는 것은 수크령만이 아니다
가벼운 것들이 날아가다 잠시 붙들려 있다
유령은 그렇게 만들어진다

빨래가 철봉에 걸려 놀이터가 비어 있다
난닝구와 몸뻬를 벗고
아이들은 사라진다
매달린 것들은 모두 날아가는 것들이다

놀이터에 빨래가
하나씩 지워지고 있다

빨랫줄에 빈 햇살이 걸려 있다

블랙 미러

다음 말들은 시가 아니다
광대가 사라진 이후
애초에 시는 없다

검은 거울을 보지만
아무도 불투명한 자신을 보려 애쓰지 않는다
어두운 화면을 깨면 타인들이 보인다
뚜렷하고 확실하다
거기에는 능선의 위태로운 경계도 없고
구역을 합쳐 흐르는 강물의 애매함도 없다
희미할 수 없는 벽만 단단하게 서 있다
그 벽에 들어가기 위해 모두 벽돌을 든다
벽을 만들거나 누군가를 내리치기 위해서다
그러다 스스로 벽돌이 된다
벽돌은 그렇게 만들어지고
장벽은 튼튼해 진다
그 안에서 우리들은 레토르트 포장지에 숨어
자신을 정화한다
무균 상태의 무익한 식품이 되고
도덕적이고 정의로운 상품으로 팔릴 수 있다
그렇게 다시 돼지가 되는 것을 피하거나
아니면 숨어사는 괴물이 된다

>
　이것은 거울이 아니다
　그렇다고 진실도 아니다
　그냥 벽돌이다

황정산 | 1993년 『창작과비평』으로 평론 발표, 2002년 『정신과표현』으로 시 발표 | 평론집 『주변에서 글쓰기』 | 주요 논문 『한국 현대시의 운율 연구』가 있음 | 현재 대전대학교 교수 | 이메일 rivertel@hanmail.net

부록

반경환의 명시감상

— 천양희, 박준, 이영식, 남상진, 유계자, 조영심,
오현정, 최혜옥, 임현준, 김지요, 조옥엽, 김늘의 시

반경환 명시감상
— 천양희, 박준, 이영식, 남상진, 유계자, 조영심,
　오현정, 최혜옥, 임현준, 김지요, 조옥엽, 김늘의 시

반경환

짧은 심사평

천양희

나무들이 바람을 남기듯이
시간이 메아리를 남기듯이
달이 바닷물을 끌어당기듯이

불켠 듯 불을 켠 듯

해를 향해 가라
그림자는 늘 자신 뒤에 있을 것이니
그대는 행성이 아닌 항성

장래가 천천히
눈부셔지길 바란다

첫째, 시인은 언어의 창시자(명명자)가 되어야 하고, 둘째, 시인은 언어를 자기 자신의 생명으로 삼을 줄을 알아야 하고, 셋째, 시인은 이 언어의 소유권을 포기하고 반드시 만인들의 재산으로 헌납하지 않으면 안 된다. "나무들이 바람을 남기듯이/ 시간이 메아리를 남기듯이/ 달이 바닷물을 끌어당기듯이" 아주 아주 자연스럽게 그 어떤 만고풍상도 다 참고 견디지 않으면 안 된다.

시인의 길은 지혜의 길이고, 지혜의 길은 용기의 길이며, 용기의 길은 성실함의 길이다. 지혜는 새로운 언어의 세계, 즉, 목표—그것이 천국이든, 극락이든, 이상낙원이든지간에—를 창출해내는 것이고, 용기는 그 목표를 달성할 수 있는 의지이고, 성실함은 수십 번씩, 수백 번씩 넘어져도 그때마다 불가능의 숨통을 끊어버릴 수 있는 윤리의식이라고 할 수가 있다. 지혜는 이론(사상)이고, 용기는 실천이며, 성실함은 이론과 실천을 떠받치는 책임윤리이다. 지혜, 용기, 성실함은 낙천주의자의 근본신조이며, 이 세상의 삶의 찬가의 세 기둥이라고 할 수가 있다.

시인은 단 한 편의 명시를 쓰기 위하여 자기 자신의 단 하나 뿐인 목숨을 거는 것이다. 전후좌우도 살필 필요가 없고, 우군도, 원군도 기다릴 필요가 없다. 오직 외롭고 쓸쓸하게, 아니, 더욱더 고독하고 용기 있게 "불켠 듯 불을 켠 듯// 해를 향해" 나아가지 않으면 안 된다. 시인은 행성이 아닌 항성, 즉, 자기 스스로 미래의 태양이 되지 않으면 안 된다.

천양희 시인의 「짧은 심사평」은 최고급의 심사평이자 절차탁마의 명시라고 할 수가 있다.

장마
— 태백에서 보낸 편지

박 준

그곳의 아이들은
한 번 울기 시작하면

제 몸통보다 더 큰
울음을 낸다고 했습니다

사내들은
아침부터 취해 있고

평상과 학교와
공장과 광장에도
빛이 내려

이어진 길마다
검다고도 했습니다

내가 처음 적은 답장에는
갱도에서 죽은 광부들의
이야기가 적혀 있었습니다

그들은 주로
질식사나 아사가 아니라
터져 나온 수맥에 익사를 합니다

하지만 나는 곧
그 종이를 구겨버리고는

이 글이 당신에게 닿을 때쯤이면
우리가 함께 장마를 볼 수도 있겠습니다,라고
시작하는 편지를 새로 적었습니다

　시는 한 사람의 가난을 구제할 수도 없고, 그 어떠한 사람
의 불행을 막아줄 수도 없는 언어 예술일는지도 모른다. 하
지만, 그러나 이 시적 실천이 이 세상의 가난과 불행을 추
문으로 만들고, 그 어떠한 사회적 실천보다도 더 크고 거대
한 구원의 힘으로 작용할 수도 있을 것이다. "죽는 날까지
하늘을 우러러/ 한점 부끄러움이 없기를/ 잎새에 이는 바
람에도/ 나는 괴로워했다"(「서시」)라는 윤동주, "죄를 품고
식은 침상에서 잤다. 확실한 내 꿈에 나는 결석하였고, 의
족義足을 담은 군용장화가 내 꿈의 백지를 더럽혀 놓았다"
(「오감도鳥瞰圖 ─詩第十五號」)의 이상, "혁명은 안 되고 나는
방만 바꾸어버렸다/ 그 방의 벽에는 싸우라 싸우라 싸우라
는 말이/ 헛소리처럼 아직도 어둠을 지키고 있을 것이다"
(「그 방을 생각하며」)의 김수영, "아버지, 아버지…… 씹새
끼, 너는 입이 열이라도 말 못해/ 그해 가을, 假面 뒤의 얼
굴은 假面이었다"(「그해 가을」)의 이성복, "아버님, 제발

썩으세요, 왜 生時의 그 눈썹으로 살아 있는 저희를 노려보십니까?"(「천사들의 계절」)의 황지우 등의 시들이 그것을 증명해준다.

  시인의 언어는 눈물이 되고, 이 눈물이 칼과 정보다도 더 크나큰 힘으로 바위를 뚫게 된다. 언어는 장마(폭포)다. 언어의 장마는 어떤 사건과 정황을 꿰뚫어보고, 그것의 문제점과 모순을 전복시키는 인식의 힘에 의해서 그 동력을 얻게 된다. 박준 시인의 「장마 —태백에서 보낸 편지」는 언어의 장마(폭포)이며, 이 장마의 기원에는 태백 사람들의 한이 꿈틀거린다. 태백은 탄광촌이며, 이 세상의 삶에서 더 이상 꿈을 잃어버린 막장 사람들이 모여 사는 곳을 말한다. 평상과 학교와 광장에는 빛이 내리지만, 그러나 그 모든 길이 검다는 것, 갱도에서 죽은 광부들은 질식사나 아사가 아니라 터져나온 수맥에서 익사를 했다는 것은 그들의 삶 자체가 장마와도 같았다는 것을 뜻한다. 가난의 장마, 진폐증의 장마, 슬픔의 장마는 예정되어 있었던 것이고, 따라서 그곳의 아이들은 한 번 울기 시작하면 제 몸통보다도 더 큰 울음을 울게 되는 것이다. 눈물과 눈물이 모이면 샘물의 발원지가 되고, 샘물과 샘물이 모이면 시냇물이 되고, 시냇물과 시냇물이 모이면 강물이 된다. 하지만, 그러나, 가난과 진폐증과 슬픔의 강도가 심화되면 술 취한 광부들의 발광처럼 천둥과 번개가 치고, 온 천지를 집어삼킬 듯한 장맛비가 쏟아진다.

  천둥과 번개도 깜짝 놀랄만큼의 가난과 진폐증과 슬픔의 대물림이 "제 몸통보다 더 큰/ 울음"의 기원이 되고, 이 시(편지)가 당신에게 닿을 때쯤이면 "우리가 함께 장마를 볼 수도" 있겠다는 것이다.

장마. 태백의 광부와 태백 사람들의 슬픔이 장마가 되고, 더 이상 그들의 삶을 방치하면 한국 사회 전체가 장마에 휩쓸리게 될 것이라는 경고가 박준 시인의 시에는 담겨 있는 것이다.

장마다, 장마다, 제 몸통보다 더 큰 울음의 장마다!!

직관의 천재, 은유의 천재, 상징의 천재―. 이 천재의 힘이 천둥과 번개를 동반한 언어의 장마를 쏟아붓고 있는 것이다.

꽃의 정치

이영식

불 질러놓고 보는 거야
가지마다 한 소쿠리씩 꽃불 달아주고
벌 나비 반응을 지켜보는 거지
그들의 탄성이 터질 때마다
나무에서 나무로 번지는 지지 세력들
꽃의 정부가 탄생되는 거라

꽃은 다른 수단의 정치
반목과 대립이 없지
뿌리는 흙속에서 잎은 허공에서
물과 바람
상생의 손 움켜쥐고
나무마다 꽃놀이패를 돌리네

봄날 내내 범람하는 꽃불을 봐
꿀벌은 꽃이 치는 거지
벌통으로 키우는 게 아니야
코앞에 설탕물을 풀어놓은 들
그게 며칠이나 가겠어
검증되지 않은 수입 교배종으로
벌 나비의 복지를 시험하지 마

같은 꽃 같은 향기더라도
오는 봄마다 새로운 꿈을 꾸고
행복해 하는 거야

봄날은 간다
꽃의 정부가 다하더라도
후회는 없어
튼실한 열매가 뒤를 받혀 줄 테니까

* 클라우제비츠의 전쟁론 중 '전쟁은 다른 수단의 정치'를 변용함.

　플라톤은 철학을 '학문 중의 학문'이라고 말했고, 아리스
토텔레스는 정치학을 '학문 중의 학문'이라고 말했다. 하지
만, 그러나 정치학도 '지혜사랑', 즉, 철학의 토대 위에 존재
하고 있기 때문에 아리스토텔레스의 말이 틀렸다. 정치인
은 머나먼 미래를 내다볼 수 있는 지혜를 가지고 있지 않으
면 안 되고, 그리고 그 지혜를 실천할 수 있는 용기와 성실
함을 갖고 있지 않으면 안 된다. 지혜와 용기와 성실함은 정
치인의 근본덕목(근본자격)이며, 그는 그의 지혜와 용기와
성실함으로 그가 소속된 국민들을 이끌고 가지 않으면 안
된다. 정치인은 선구자이며, 이상주의자인데, 왜냐하면 그
는 아무도 가지 않은 길을 가야 하며, 새로운 국가를 건설
해야 하기 때문이다. 정치인은 사적인 개인이 아닌 전국민
의 대표가 되어야 하는데, 왜냐하면 무보수 명예직으로 국
민의 혈세를 절약하고, '국가의 부'를 창출해내야 하기 때문
이다.

이영식 시인은 낭만주의자이며, 이상주의자이기도 하고, 다른 한편, 그는 이상주의자이며, 현실주의자이기도 하다. 「꽃의 정치」는 현실 정치에 대한 환멸의 소산이라는 점에서는 낭만적이고, 「꽃의 정치」는 머나먼 저곳의 정치라는 점에서는 이상적이고, 그러나 궁극적으로는 「꽃의 정치」를 실현시키고 싶어한다는 점에서는 현실적이라고 할 수가 있다. "꽃은 다른 수단의 정치/ 반목과 대립이 없지/ 뿌리는 흙속에서 잎은 허공에서/ 물과 바람/ 상생의 손 움켜쥐고/ 나무마다 꽃놀이패를 돌리"는 꽃의 정치의 목표가 되고, 이 '꽃의 정치'는 이상세계와 이상세계의 행복을 보장해주게 된다. 따라서 그는 이러한 정치철학과 목표를 가지고, "불 질러놓고 보는 거야/ 가지마다 한 소쿠리씩 꽃불 달아주고/ 벌 나비 반응을 지켜보는 거지/ 그들의 탄성이 터질 때마다/ 나무에서 나무로 번지는 지지 세력들/ 꽃의 정부가 탄생되는 거라"라는 시구에서처럼, 임전무퇴와 살신성인의 희생정신을 가지고, 그 목표를 추구하게 된다. 정치인은 선구자이며 봄날의 꽃불을 피우는 사람이 되고, 모든 국민은 "반목과 대립"이 없는 "상생의 손"을 움켜쥔 꿀벌이 된다. 꿀벌은 꽃이 치는 것이지 벌통으로 키우는 것이 아니다. 정치란 '무보수 명예직'으로 꽃 피어나는 것이지 "코앞에 설탕물을 풀어놓은"것 같은 꼼수와 "검증되지 않은 수입 교배종으로/ 벌 나비의 복지를 시험하지 마"라는 시구에서처럼, 이웃 국가의 정책으로 꽃 피어나는 것이 아니다. 정치란 진실이 없으면 피어나지 않는 꽃이며, 전국민의 행복이 보장된 '꽃놀이패'의 축제를 연출해내기 위해서는 역사와 전통을 사랑하지 않으면 안 된다. 역사와 전통은 「꽃의 정치」의 토대가 되고, 이 역사와 전통의 토대 위에서만이 반목과 대립이 없는 사랑의 정치가 실현될 수가 있다.

정치가 인간의 생존의 결정체이자 가장 아름다운 온몸의 예술이라면, 꽃은 식물의 생존의 결정체이자 가장 아름다운 온몸의 예술이라고 할 수가 있다. 꽃의 정치와 꽃의 정부는 내가 이영식 시인을 통해서 들은 가장 아름다운 말이며, 만인들의 행복의 향기가 천리, 만리 퍼져나가고 있다고 하지 않을 수가 없다. 반목과 대립이 없는 사랑의 정치, 상생의 손을 움켜쥐고 무보수 명예직으로 꽃 피우는 정치, 나를 버리고 나를 버림으로써 '우리'로서 꽃놀이패를 돌리는 정치, 봄날은 가지만, 더욱더 튼튼한 열매로 새로운 이상세계와 그 꽃씨를 남기고 가는 꽃의 정치—.

이 세상에서 가장 아름다운 정부는 꽃의 정부이고, 이 세상에서 가장 아름다운 정치는 꽃의 정치이다. 꽃은 가장 아름답고, 꽃은 가장 달콤하고 영양가가 풍부한 꿀을 지녔다. 정치는 꽃을 피우고, 꿀벌은 꽃이 키운다. 정치인은 선구자이며, 꽃을 피우는 사람이고, 만인들의 행복을 연출해내는 대서사시인이라고 하지 않을 수가 없다.

바다 회사

유계자

회장은 달
회사명은 밀물과 썰물

조금 때만 쉴 수 있는 어머니는 달이 채용한 2교대 근
무자

철썩,
백사장이 바다의 육중한 문을 열면
발 도장을 찍고 물컹물컹 갯벌 자판을 두드려 바지락과
소라를 클릭한다

낌새 빠른 낙지는 이미 뻘 속으로 돌진하고
짱뚱어는 뛰는 놈 위에 나는 놈을 살피느라 정신없고
농게는 언제나 게 구멍으로 줄행랑치기 바쁘다

성깔 있는 갈매기는 과장되게 끼룩 끼끼룩 거리며 잔소
리를 해댄다

가끔 물풀에 갇힌 새우와 키조개를 불로소득 하지만
실적 없는 날은 녹초가 되어 비린내만 안고 퇴근한다

평생 누구 앞에서 손 비비는 거 질색인데
겨울바람에 손 싹싹 비벼대도 승진은 꿈도 꾸지 못했다

자별하다고 느낀 달의 거리마저 멀어지자
수십 년간 충실했던 밀물과 썰물 회사를 정리하였다

파도 같은 박수 소리
근속 훈장 하나 받아보니 구멍 숭숭 뚫린 직업병이었다

　유계자 시인의「바다 회사」는 어촌 마을의 어머니의 일대기를 시적으로 승화시킨 이야기의 시이며, 주제, 구성, 문체, 또는 인물과 사건과 배경이 너무나도 완벽하게 꽉 짜인 이야기 시라고 할 수가 있다. 바다 회사의 회장이 달이라는 것은 달의 인력에 의하여 밀물과 썰물이 일어나는 것을 말하고, 회사명이 밀물과 썰물이라는 것은 밀물과 썰물의 동력에 의하여 '바다 회사'가 운영되고 있다는 것을 말한다. 어머니는 조금 때만 쉴 수 있는 달이 채용한 2교대 근무자이고, "자별하다고 느낀 달의 거리마저 멀어지자/ 수십 년간 충실했던 밀물과 썰물 회사"를 퇴직했던 것이다. '자별하다'는 것은 남보다 특별히 가깝게 지냈다는 것을 뜻하고, '달의 거리가 멀어지자'는 여인으로서의 생리가 끊어지고 노동력을 상실했다는 것을 뜻한다. 어머니는 퇴임식에서 파도 같은 박수소리를 받았지만, 그러나 그 "근속훈장이라는 것은 구멍 숭숭 뚫린 직업병" 뿐이었던 것이다.

　회장은 달이고, 회사명은 밀물과 썰물이고, 어머니는 달이 채용한 2교대 근무자이다. "철썩/ 백사장이 바다의 육중한 문을 열면", 즉, 바닷물이 빠지면, "발 도장을 찍고 물 컹물컹 갯벌 자판을 두드려 바지락과 소라를 클릭"하게 된 다. "낌새 빠른 낙지는 이미 뻘 속으로 돌진하고/ 짱뚱어는 뛰는 놈 위에 나는 놈을 살피느라 정신없고/ 농게는 언제 나 게 구멍으로 줄행랑치기에 바쁘다." 제법 성깔 있는 갈 매기는 끼룩 끼루룩 잔소리를 해대고, 때로는, 가끔은 물풀 에 갇힌 새우와 키조개를 캐기도 하지만, "실적 없는 날은 녹초가 되어 비린내만 안고 퇴근한다." 한평생 누구 앞에서 손 비비는 것은 딱 질색이었지만, 그러나 겨울바람에 손 싹 싹 비벼대도 승진 같은 것은 꿈에도 생각하지 못했다.

'철썩, 백사장이 바다의 육중한 문을 연다'라는 시인의 말 과 함께, 아름답고 장중한 무대의 막이 오르면, 그 옛날의 원시적인 육체 노동이 현대화되어 컴퓨터 자판을 두드리 듯이 바지락과 소라를 클릭하게 된다. 따라서 어촌 마을의 어머니의 발소리에 놀라 낙지는 이미 뻘 속으로 숨어 버리 고, 짱뚱어는 뛰는 놈 위에 나는 놈을 살피느라 정신없고, 농게는 언제나 게 구멍으로 줄행랑치기에 바쁘다. 바지락, 소라, 낙지, 짱뚱어, 농게, 새우, 키조개는 단역배우들(포 획의 대상)이고, 갈매기는 근로 감독관이 된다. 회장과 회 사명도 제일급의 명명의 힘처럼 아주 탁월하게 살아 있고, 하루 2교대 근무자라는 어머니라는 인물도 아주 탁월하게 살아 있다. 바다 회사도 아주 탁월하게 살아 있고, 저마다 의 개성과 특징을 지닌 '낙지, 짱뚱어, 농게, 갈매기' 등도 살아 있으며, 이 아름답고 역동적인 「바다 회사」를 창출해 낸 시인의 언어도 너무나도 싱싱하게 살아 있다. 시인의 힘 은 명명의 힘이고, 이 명명의 힘이 모든 인간과 사물들을 살아 움직이게 하며, 극적인 효과에 의하여 '리얼리즘의 승리'를 창출해내게 된다.

유계자 시인의 「바다 회사」는 주제, 구성, 문체가 너무나도 아름답고 완벽하게 꽉 짜인 시이기는 하지만, 그 주인공인 어촌 마을의 어머니는 한이 많이 쌓인 여인에 지나지 않는다. 근면과 성실함이 도로아미타불의 헛수고가 되고, 그 아름다운 바닷가의 풍경마저도 파도 같은 박수 소리와 함께, 구멍 숭숭 뚫린 직업병 속에 묻혀버린다.

유계자 시인은 자기를 어머니와 동일시 하며, 그 어머니가 한평생 갯일을 하다가 늙고 병든 것처럼 그도 황홀하게 어머니의 몸과 마음 속에 몰입해 들어가게 된다. 어머니와 시인은 둘이 아닌 하나이며, 이 근원적 일체감 속에서 「바다 회사」를 예술품 자체가 된 시로 승화시켜 놓는다. 파도 같은 박수 소리는 물거품처럼 공허하고, 근속훈장이라는 것은 구멍 숭숭 뚫린 직업병 뿐이라는 것─, 그러나 이 '허무주의적 드라마'가 만인들의 심금을 울리며, 우리 서민들의 삶을 되돌아 보게 한다.

근면 성실이 물거품이 되는 삶, 파도 같은 박수 소리가 구멍 숭숭 뚫린 직업병이 되는 삶, 아름답고 너무나도 아름다워서 허무한 삶─, 바로 이것이 어촌 마을, 아니 우리 서민들의 인생무상을 증명해주고 있는 것인지도 모른다.

맹그로브

남상진

뿌리로 숨을 쉬는 생도 있다

척박한 땅에 난생의 몸으로 떨어져 망망한 대해를 떠돌
다 다다른 지표면
붙잡을 피붙이 하나 없는 물컹한 진흙 바닥에 그래도 단
단히 뿌리 내렸다

눈물보다 짠 바닷물이 푸른 혈관의 통로를 지나 두꺼운
손가락 마디 끝
꽃잎으로 빠져나오는 수변
성성한 자식들 뭍으로 내보내고 맨몸으로 파도를 견뎌
온 나무
밀물과 썰물이 수시로 드나드는 간석지에서
나무로 살아가는 일이 속내를 숨기고 혀를 깨무는 여정
이라지만
얼마나 숨쉬기 버거웠으면
혀를 뿌리처럼 물 밖으로 밀어 올려
가쁜 숨을 내뱉았을까

울먹이는 누이의 손을 잡고
어둑한 맹그로브 숲으로 들어가는 저녁

요양원의 긴 복도를 따라
수면 위로 뿌리를 드러내고 가쁜 숨을 이어가는
맹그로브 뿌리같이 수척한 아버지

이불같은 밀물이 밀려와
머리끝까지 아버지를 덮고 있다

　시인은 언어의 창시자이가 시의 신전의 건축가라고 할 수
가 있다. 백지는 그의 텃밭이 되고, 볼펜은 그의 삽이 되며,
언어는 그의 씨앗이 된다. 언어의 대들보가 자라나면 언어
의 서까래가 자라나고, 언어의 창문이 자라나면 언어의 지
붕이 자라난다. 언어의 아버지가 태어나면 언어의 어머니
가 탄생하고, 언어의 시인이 탄생하면 언어의 누이동생이
태어난다. 뿌리로 숨을 쉬는 생도 있다는 것, 망망대해를
부평초처럼 떠돌아 다니다가 피붙이 하나 없는 물컹한 진
흙바닥에 그래도 단단히 뿌리를 내렸다는 남상진 시인의
「맹그로브」는 우리들의 아버지에 대한 찬가讚歌이자 비가悲
歌라고 할 수가 있다. 아버지에 대한 찬가가 너무나도 경건
하고 엄숙하다 못해 울음보를 터뜨릴 수밖에 없는 비가가
되고, "밀물과 썰물이 수시로 드나드는 간석지에서/ 나무
로 살아가는 일이 속내를 숨기고 혀를 깨무는 여정이라지
만/ 얼마나 숨쉬기 버거웠으면/ 혀를 뿌리처럼 물 밖으로
밀어 올려/ 가쁜 숨을 내뱉었을까"라는 아버지의 삶 앞에
서는 그만 울음을 참고 아버지에 대한 찬가를 부르게 된다.
찬가가 비가가 되고, 비가가 찬가가 되는 이 상호모순적인
양가감정이 팽팽하게 균형을 이루며, 남상진 시인의「맹그

로브」는 제일급의 명시의 반열에 올라서게 된다. 요컨대 남상진 시인의 「맹그로브」는 아버지를 잃어버린 시대에, 아버지를 찬양한 보기 드문 '충효사상의 걸작품'이라고 할 수가 있다.

　아버지는 망망대해를 부평초처럼 떠돌아다니다가 물컹한 진흙바닥에 뿌리를 내린 개척자이자, 밀물과 썰물이 수시로 드나드는 간석지에서 "뿌리로 숨을 쉬며" 성성한 자식들을 다 뭍으로 내보낸 종족창시자이고, 이제는 자기 자신의 꿈과 열정을 다 바치고 "수면 위로 뿌리를 드러내고 가쁜 숨을 이어가는" 아버지이다. 신이란, 후세대에, 아버지가 성화된 존재라는 말도 있지만, 이처럼 충忠과 효孝는 둘이 아닌 하나라고 할 수가 있다. 아버지는 신이고, 신은 왕이며, 이 세상에서 아버지만큼 고귀하고 위대한 존재도 없는 것이다. 아버지는 종족창시자이고, 아버지의 나무는 맹그로브이다. 아버지의 무대는 밀물과 썰물이 수시로 드나드는 진흙바닥이고, 아버지의 삶의 방법은 뿌리로 숨을 쉬는 것이다. 아버지의 삶의 목표는 자손의 번영과 행복이고, 아버지의 정신은 종족창시자의 정신이다.

　천하의 명시(절경)는 벼랑끝의 아름다움이며, 이 아름다움은 그 고통의 크기와도 같다. 삶의 공포에 무릎을 꿇게 되면 신이라는 괴물에게 복종을 해야 하고, 죽음의 공포에 무릎을 꿇게 되면 지옥이라는 악마 때문에 벌벌 떨게 된다. 하지만, 그러나 사나운 비 바람과 밀물과 썰물 등에도 '뿌리로 숨을 쉬는' 방법을 터득하게 되면 그는 고통을 다스리고 고통을 지배하는 종족창시자가 될 수가 있다. "맹그로브 뿌리같이 수척한 아버지", 아버지의 일생은 한 순간일 수도 있지만, 그러나 수많은 미신과 이교도들을 물리친 아버지의 아름다움은 영원한 것이다.

예술품 자체가 된 삶, 이 예술품을 영원의 이름으로 보증해주는 고통—. 아아, 뿌리로 숨을 쉬는 아버지의 삶이란 얼마나 아름답고 행복한 삶이란 말인가!

사나운 비바람과 밀물과 썰물, 민물과 바닷물, 해일과 태풍, 수많은 약탈과 살육과 전쟁, 그리고 이별과 죽음 등, 그 고통의 크기가 클수록 그는 예술품과도 같은 삶을 살게 된다.

알렉산더는 천하를 지배한 황제이고, 호머는 서양의 역사상 최초의 대서사시인이다. 알렉산더와 호머 중, 어느 누가 더 고귀하고 위대하며, 어느 누가 더 크나큰 재산을 가지고 있는 것일까? 하지만, 그러나 이 질문은 판단력의 어릿광대의 질문일 수밖에 없는데, 왜냐하면 시인과 황제는 동일한 인물의 다른 모습일 수밖에 없기 때문이다. '나는 승리를 훔치지 않는다', '나는 사소한 재물 따위에는 관심이 없다', '나는 전쟁이 없는 영원한 제국을 건설할 것이다'라는 알렉산더가 시인이 아니라면 무엇이고, 전지전능한 신들과 맞서 싸우며 영생불사의 삶도 거절하고 그 어떠한 고통도 마다하지 않았던 호머가 영원한 황제가 아니라면 무엇이란 말인가? 고통은 시인과 황제의 힘이 되고, 이 고통을 통해, 그들은 빅뱅, 즉, 대폭발을 일으키며 천하의 절경을 창출해내게 된다.

이 세상에서 누가 가장 고귀하고 위대한가? 고통을 다스리고 고통을 지배하는 자가 천하의 황제가 되고 영원한 삶을 살게 된다.

　남상진 시인의 「맹그로브」는 대폭발이며, 이 세상에서 가장 고귀하고 위대한 '뿌리로 숨쉬는 종족'을 창출해냈던 것이다.

쉼표를 연주하라

조영심

연주하라
숨 가픈 하루의 가락에서 다음 가락까지 서툰 숨가락의
간격은 너무 멀고, 몰아쉰 숨의 고비가 거칠다 해도, 밝은
귀까지 닿아야 할 소리를 위해

때론 연주하지 마라 힘든 한 매듭의 음과 음을 건너느라
소리로 번지는 향기를 제쳐버리고 춤사위를 놓친 채 고저
장단에만 매달리려거든

다시 연주하라
삼백예순날 도돌이표를 몰고 온, 숨의 박자에 고이는 숨
결로 네 숨결의 무늬를 타라 오선지의 고저가 멈춘 바로 그
자리, 오직 박자만을 안고 있는 거기에서

.

.

.

육신을 탓하는 정신이여, 쉼표도 악보의 일부입니다.

음악이란 이 세상의 삶의 찬가이자 모든 불화를 다스리는

만병통치약이라고 할 수가 있다. 마음을 정화시키고 격정을 발산시키는 것, 사악한 악마마저도 유순하게 만들고, 신의 출현, 근접, 경청을 강요하고 미래를 자기 뜻대로 만드는 것, 요컨대 니체의 말대로 음악만 있으면 우리 인간들은 그 무엇이든지 다 할 수가 있었던 것이다.

하지만, 그러나 인간이 있고 음악이 있는 것이지, 음악이 있고 인간이 있는 것이 아니다. 조영심 시인의 「쉼표를 연주하라」는 음악의 사회적 기능에 반하여 음악에 종속된 연주자의 삶을 각성시키는 매우 아름답고 뛰어난 시라고 할 수가 있다. "숨 가쁜 하루의 가락에서 다음 가락까지 서툰 숨가락의 간격은 너무 멀고, 몰아쉰 숨의 고비가 거칠다 해도, 밝은 귀까지 닿아야 할 소리를 위해" 악기를 연주해야 하지만, 그러나 때로는 잠시 숨을 고르며 연주를 해야 할 것이다.

음악이란 음과 음의 조화(향기)이며, 이 음과 음의 조화는 이 세상의 삶의 조화가 된다. 따라서 한 매듭의 음과 음 사이에 잡음이 생기고, "춤사위를 놓친 채 고저장단에만 매달"린다는 것은 반음악적이며, '쉼표의 미학'을 망각한 행위에 지나지 않는다.

쉼표는 생명의 숨결이며, 삶의 윤활유이다. 밝은 대낮 뒤에는 밤이 있어야 하고, 노동 뒤에는 휴식이 있어야 한다. 전쟁 뒤에는 평화가 있어야 하고, 탄생 뒤에는 죽음이 있어야 한다. 쉼표는 생명의 숨결이며, 이 숨구멍을 통해서 우주가 열리고, 모든 만물들이 살아 움직이게 된다.

음악에 있어서 쉼표는 생명의 숨결이며, 두 눈에 보이지 않는 악보와도 같다. 이 쉼표를 연주할 수 있는 자만이 "삼백예순날 도돌이표를 몰고 온, 숨의 박자에 고이는 숨결로 네 숨결의 무늬를" 타게 되고, 이 세상의 삶을 찬양하는 제일급의 연주자가 될 수가 있는 것이다.

조영심 시인은 음악을 알고 있는 사람이며, 「쉼표를 연주하라」는 오선지를 초월한 '쉼표의 미학'을 역설하고 있는 시라고 할 수가 있다.

절벽호텔

오현정

　마추픽추를 보고 파삭의 숙소로 가는 중 우루밤바에서 절벽 꼭대기에 지어진 호텔을 보았다. 잠시 버스에서 내려 까마득한 절벽호텔을 올려다보았다. 일행 중 누군가가 예약은 밀려있고 숙박비 또한 만만찮다는데 꼭대기로 꼭대기로 죽기 위해 올라가는군. 뚱뚱한 고산증이 복상사를 염려한다. 여기저기서 말 멀미를 게워내자 하늘과 가장 가까운 스위트룸이 나를 내려다본다. 목을 젖히고 허리를 젖혀야 보이는 방 안의 튼튼한 심장들, 뛰어내리지 못하는 삶은 평지에서도 숨이 차다. 잃을 게 없는 저 높은 핑크 빛, 단 하루 밤의 투숙으로 몇 굽이의 절정을 저어가다 콘돌의 눈알을 가슴에 넣고 까무러칠까. 언제 올라가 볼까? 모래폭풍에도 지워지지 않는 상형문자 하나 잉태를 위하여 가시투성이 키 큰 선인장을 이리 저리 껴안는다

　어니스트 헤밍웨이는 미국의 소설가이며, 그의 대표작으로는『무기여 잘 있거라』와『누구를 위하여 종을 울리나』와『바다와 노인』등이 있고, 그는 1954년『바다와 노인』으로 노벨문학상을 받았다. 제1차 세계대전과 제2차 세계대전 참전, 그리고 스페인 내전을 종군기자로 취재한 바가 있고, 그 결과, '잃어버린 세대'로서 술과 여자와 사냥과 낚시를 좋아했지만, 알콜중독과 만성적인 우울증으로 자살을 하고

말았다. 하지만, 그러나 미국에서는 이러한 전력의 헤밍웨이가 강인함, 생존능력, 용기, 의지력, 멋 등에서 가장 멋진 삶을 산 사람으로 선정되었다고 하니, 참으로 이상야릇한 역설이 아닐 수가 없다.

나는 누구이며, 누구를 위하여 종을 울리며, 어디로 가고 있는가? 바슐라르같은 몽상의 철학자에게는 삶이란 아주 무거운 말이며, 생사란 지나치게 야비한 말일 수도 있지만, 그러나 인간은 자기 자신의 삶과 죽음 앞에서 영원한 백치이며, 촌뜨기에 지나지 않는다. 전쟁의 잔혹함과 그 참상을 그린『무기여 잘 있거라』도 그렇고, 전쟁의 원인과 그 목적의 허구성을 파헤친『누구를 위하여 종을 울리나』도 그렇고, 더없이 순수하고 성실한 어부의 삶과 그 허망함을 그린『바다와 노인』도 그렇다. '사느냐 죽느냐, 이것이 문제로다'라는 셰익스피어의 화두話頭는 '누구를 위하여 종을 울리나'의 헤밍웨이의 화두와도 통하고, 인간이 인간에게 늑대가 되는 상황은 '잃어버린 세대'라는 실존주의자들의 절규와도 통한다.

과연 헤밍웨이는 누구이며, 그는 누구를 위하여 종을 울리고, 그는 그 어디로 사라져가 버린 것일까? 부유하고 행복한 백인가정에서 태어나 신문기자가 되었던 헤밍웨이, 제1차 세계대전과 제2차 세계대전을 참전하고, 스페인 내전을 종군기자로서 취재했던 헤밍웨이, 신문기자투의 간단 냉료한 문체로서 전세계의 독자들을 사로잡고 노벨문학상을 수상했던 헤밍웨이, 술과 여자와 사냥과 낚시에 취해 너무나도 야성적이고 남성적인 삶을 살다가 갔던 헤밍웨이―. 과연 헤밍웨이는 왜, 알콜중독과 만성적인 우울증

에서 헤어나지 못했던 것이며, 그의 삶은 과연 행복했던 것
일까?

　절벽호텔은 까득한 절벽 위에 세워져 있고, 숙박비도 비
싸지만, 예약은 늘 밀려 있다. 절벽호텔만 바라보아도 뚱
뚱한 고산증이 복상사를 염려하고, 절벽호텔만 바라보아
도 말이 멀미를 한다. 삶은 평지에서도 힘이 들고 숨이 차
지만, 그러나 꼭대기로 꼭대기로 죽기 위해 올라가는 삶은
여전히 계속된다. 왜냐하면 이 세상이 절벽이고, 절벽타기
가 삶 자체이기 때문이다. 농부라는 절벽, 노동자라는 절
벽, 여자라는 절벽, 남자라는 절벽, 군대라는 절벽, 회사라
는 절벽, 평지라는 절벽, 바다라는 절벽, 고산지대라는 절
벽, 선생이라는 절벽, 판사라는 절벽―. 모든 이름들도 절
벽의 다른 이름이고, 모든 직업도 절벽타기의 다른 이름이
다. 콘돌의 눈알을 가슴에 넣어도 피할 수가 없고, 모래폭
풍에 지워지지 않는 상형문자를 잉태해도 피할 수가 없다.
오솔길도 없고, 우회로도 없고, 오직, 다만, 절벽만이 있을
뿐이다. 절벽이 삶의 터전이고, 절벽타기가 삶의 아름다움
이고, 절벽에서의 추락이 삶의 완성이다.
　절벽호텔에는 돌체의 시인의 꿈도 있고, 절벽호텔에는
서구의 제국주의를 물리치고 싶은 잉카인의 꿈도 있고, 절
벽호텔에는 아빠와 엄마와 함께 행복한 삶을 살고 싶은 어
린 소녀의 꿈도 있다. 무서운 것은 정상이 아니라 까마득한
절벽이다. 왜냐하면 정상도 삶의 끝장이고, 밑바닥도 삶의
끝장이기 때문이다. 아래로도 까마득한 절벽이고, 위로도
까마득한 절벽이다. 왼쪽으로도 까마득한 절벽이고, 오른

쪽으로도 까마득한 절벽이다. 손은 바위틈을 붙들고, 가슴은 헐떡거리고, 두 다리는 후들후들 떨린다. 올라가는 것도 위험하고, 내려가는 것도 위험하고, 올라가지 않는 것도 위험하다. 옆을 보아도 위험하고, 눈을 감아도 위험하고, 눈을 떠도 위험하다. 절벽호텔은 절벽 위에 있고, 절벽호텔에는 모든 것이 다 있다.

삶은 죽음이라는 절벽 위에 있고, 죽음은 삶이라는 절벽 위에 있다. 절벽은 삶의 터전이고, 모든 생명체들이 절벽 속에서 태어나 절벽 속에서 살며, 절벽 속에서 죽어간다. 이 세상의 삶은 절벽이기 때문에 아름답고, 이 세상의 삶은 절벽이기 때문에 행복하다. 이 세상의 삶은 절벽이기 때문에 슬프고, 이 세상의 삶은 절벽이기 때문에 불행하다. 이 희극과 비극이 교차하며 균형을 이루고, 오늘도 우리 인간들의 삶은 이 '절벽타기'를 가장 아름답고 멋진 예술로 승화시켜 나간다.

나는 누구이며, 누구를 위해 종을 울리고, 어디로 가고 있는 것일까라고, 오현정 시인은 묻고 있다. 그는 절벽타기의 시인이고, 절벽 위에 사는 사람들을 위해 종을 울리고 (시를 쓰고), 그는 절벽에서 추락함으로서 가장 아름답고 멋진 삶을 완성해낸다.

오현정 시인의 절벽호텔은 높고 아름답다. 실존주의와 염세주의라는 절벽도 있고, 상징주의와 낭만주의라는 절벽도 있지만, 그러나 그는 그 절벽들을 넘어서서 낙천주의라는 절벽 위에다가 집을 짓는다. 우리는 오늘도 죽기 위해, 꼭대기로 꼭대기로 올라간다. 절벽호텔에서 방아쇠를 당긴다는 것은 노벨상 수상보다도, 술과 여자보다도, 사냥과 낚

시보다도, 만인들의 존경과 찬사보다도 더욱더 아름답고 멋진 삶의 완성이라고 하지 않을 수가 없다.

시를 쓴다는 것은 절벽호텔을 짓는 것이고, 시를 쓴다는 것은 자기 자신의 머리에다가 방아쇠를 당기는 것이다.

절벽호텔은 '예술을 위한 예술'이고, '예술을 위한 예술'은 삶 자체가 예술이 된 예술인 것이다.

왼손의 哀歌

최혜옥

한날한시
그대 서늘한 왼쪽에 나는
같은 사명을 안고 태어났지

그대가 거칠 것 없는 큰손으로 자라는 동안
안팎의 대소사를 치르는 동안
난 굼뜨고 어눌하게
그대의 들러리로 애쓰고 있었지

나의 어설픔을 한 번도 비난하지 않고
눈을 흘기지도 않은 당신
위험에 앞장서다 큰 화를 입은 지난 겨울에도
달려가 이마 한 번 짚어 준 내 손길을
눈시울 붉히며 고마워만 했었다

그대 향한 부러움은 열등감이 되고
자포자기를 거쳐 달관된 왼손으로 거듭나기까지
그대는 아무 것도 눈치도 채지 못했어
의젓하게 큰 손이 되어
자기 몸처럼 아껴줄 뿐이었어

나 그대만한 군자를 본 적이 없다
친애하는 오른손이여

그대 서늘한 왼쪽에서 다소곳이
함께 잠들리라
한날한시

　한날한시 똑같은 사명을 갖고 태어난 쌍둥이일지라도 그
들의 성격과 취향과 능력은 다르며, 한 사람이 영광의 월계
관을 쓰면 다른 한 사람은 치욕의 월계관을 쓰게 된다. 이
영광과 치욕 사이에는 온갖 중상모략과 질투와 시기와 그
리고 진심으로 서로를 존경하거나 위로하고 도와주는 사회
적 관계들이 형성된다.
　만년 주연배우와 만년 조연배우, 이 주연과 조연의 관계
는 대부분이 오른손과 왼손의 관계와도 같다. 최혜옥 시인
의 「왼손의 哀歌」는 왼손의 한을 극복하고, 주연보다도 더
빛나는 조연배우의 노래라고 할 수가 있다.
　그대가 거칠 것 없는 큰손으로 자라는 동안, 언제, 어느
때나 굼뜨고 어눌하게 그대의 들러리로 살아왔던 조연배
우, 그러나 나의 어설픔을 한 번도 비난하지 않고 눈을 흘기
지도 않은 주연배우, 늘, 나를 비롯한 모든 사람들을 위해
앞장을 서다 큰 화를 입고도 "이마 한 번 짚어 준 내 손길에/
눈시울 붉히며" 더 고마워만 했던 주연배우, "그대 향한 부
러움이 열등감이 되고/ 자포자기를 거쳐 달관"했어도 나의
못남을 탓하지 않고, "의젓하게 큰 손이 되어/ 자기 몸처럼
아껴"준 주연배우—. 하지만, 그러나 "친애하는 오른손이

여" "나 그대만한 군자를 본 적이 없다"라는 조연배우의 노래는 그 어떠한 주연배우도 따라올 수 없는 영원불멸의 노래가 되었다고 하지 않을 수가 없는 것이다.

한날한시 똑같은 부모로부터 태어나, 똑같은 사명을 부여받았지만, 사회적 관습과 전통으로 인하여 오른손과 왼손이라는 역할을 부여받고 정반대의 길을 걸어왔던 운명, 하지만, 그러나 자기 자신의 자존심과 그 모든 것을 다 버리고, "친애하는 오른손이여" "나 그대만한 군자를 본 적이 없다"라는 조연배우의 노래가 없었다면, 과연 어떻게 주연배우가 주연배우로서 홀로 설 수가 있었단 말인가?

인류의 역사상 가장 위대한 사상가였던 마르크스 역시도 그의 친구였던 엥겔스의 경제적 도움이 없었다면 두 발로 설 수가 없었을 것이고, 인류의 역사상 가장 위대한 화가였던 반고호 역시도 그의 동생 테오의 경제적 도움이 없었다면 두 발로 설 수가 없었을 것이다. 언제, 어느 때나 최종심급은 경제이고, 엥겔스와 테오가 만년 주연배우였다면, 마르크스와 반고호는 만년 조연배우의 한을 딛고, 그 한을 씹으며, 전인류의 스승으로서 우뚝 설 수가 있었던 것이다. 지금 이 순간에도 '만국의 노동자여 단결하라'는 마르크스의 음성이 울려퍼지고 있는 가운데, 수많은 까마귀들이 반고호의 영혼처럼 보리밭을 날아오른다. 만년 조연배우가 영원한 주연배우가 되고, 만년 주연배우가 영원한 조연배우가 된다.

주연배우를 향한 부러움이 열등감이 되고, 자포자기가 달관이 되는 조연배우야 말로, 그러나 달리 생각해보면 주연보다도 더욱더 성스러운 조연배우이며, 이 조연배우가 없다면 감히 어떻게 주연배우가 그토록 고귀하고 위대한 업적을 쌓고, 수많은 사람들의 영광의 월계관을 쓸 수가 있었단 말인가?

모든 위대함의 기원은 열등의식이며, 열등감의 잠재성과 열등감의 성실성이 「왼손의 哀歌」라는 영원불멸의 시를 탄생시키고, 조연배우를 영원한 주연배우로 끌어올리는 전대미문의 기적적인 일을 해냈던 것이다.

언제, 어느 때나 타인의 도움 아래 살아갈 수밖에 없었던 약자의 슬픔, 언제, 어느 때나 호탕하고 어렵고 힘든 사람들을 도와주며 살아가고 싶지만, 그러나 그 능력을 지니지 못한 자의 슬픔, 영원히 갚을 수 없는 빚의 무게 짓눌려서 오직 자기 자신의 무능을 탓하며, 그러나 자기 자신의 장점을 살려나갔던 조연배우들, 늘, 모자라고 부족했기 때문에 자만하지 않고 천리길도 한 걸음 부터라는 신념 하나로 묵묵히 걸어갔던 조연배우들, 오직 극소수의 주연배우들을 하늘처럼 떠받들며, 그러나 그 극소수의 주연배우들보다 더욱더 하늘을 감동시켰던 조연배우들—!!

재능보다는 성실이 앞서고, 두 눈에 보이는 영광의 월계관보다는 하늘을 감동시키는 자가 언제, 어느 때나 최종적인 승리를 거두게 된다.

최혜옥 시인의 「왼손의 哀歌」는 조연배우의 한을 극복해낸 '왼손의 미학'의 전범이라고 할 수가 있다.

잠자리 비법飛法

임현준

풀잎 활주로에
하늘오토바이 시동을 건다
햇빛 응축하는 날개
바람 예감하는 수평 한 마디
한 마디 더 여쭈려 붙잡는다

오래 맺힌 거미집같이
투명한 겹눈 속에
팔만대장경 쌓여 있다
석탄기 퇴적층같이
웅크려 떨던 카타콤같이
고요하게 도사리는 뱀 비늘같이,

태양이 침식하는 속도로
시간을 쏠던 입이
꼬리를 둥글게 말아 문다
팽팽한 활시위가 될 때까지
폭주를 상진힌 날개
하늘오토바이
튀어나간다

태양을 묻히며

햇빛 마르기 전엔 묻지 마라 묻지 마라

사방 직선으로 칼치기한다

하늘 깎아라 하늘 찔러라

솟대에 걸치는

일필휘지 한 마디.

시는 새로움의 길이고, 시는 치욕의 길이며, 시는 영광의 길이다. 시가 새로운 길이라는 것은 시에 의하여 새로운 세상이 열린다는 것이고, 시가 치욕의 길이라는 것은 시에 의하여 치욕의 길을 걸어가지 않으면 안 된다는 것이고, 시가 영광의 길이라는 것은 시에 의하여 드디어, 마침내 '영광의 월계관'을 쓰게 되었다는 것을 뜻한다.

나는 임현준 시인의 등단작품인 「잠자리 비법飛法」 이전에는 '풀잎 활주로'라는 말을 들어본 적도 없고, '하늘오토바이'라는 말을 들어 본 적도 없다. 시인의 상상력이 새로우니까 언어가 새롭게 되고, 언어가 새로우니까 풀잎 활주로에서 하늘오토바이가 시동을 걸게 된다. 따지고 보면, 풀잎 활주로에서 하늘오토바이가 시동을 걸게 되기까지, 즉, 잠자리가 그 껍질을 벗고 우화등선羽化登仙의 날개짓을 하기까지는 그 얼마나 오랜 치욕의 길을 걸어왔을 것이란 말인가? "오래 맺힌 거미집같이/ 투명한 겹눈 속에/ 팔만대장경 쌓여 있다"는 것이 그것을 말해주고, 또한, "석탄기 퇴적층같이/ 웅크려 떨던 카타콤같이/ 고요하게 도사리는 뱀 비늘같이"가 그것을 말해준다. 치욕의 길은 인고의 길이고, 인고의 길은 고통의 지옥훈련의 길이다. 고통의 지옥훈

련의 길은 통과의례의 길이고, 통과의례의 길은 우화등선의 길, 즉, 무한한 '영광의 길'이다.

태양이 침식하는 속도로 팔만대장경을 썼고, 팔만대장경을 쓰던 입이 꼬리를 둥글게 말아 팽팽한 활시위를 당긴다. 팽팽한 활시위를 당겼다가 놓는 순간, 그 즉시, "폭주를 장전한" "하늘오토바이"가 튀어나간다.

"태양을 묻히며/ 햇빛 마르기 전엔 묻지 마라 묻지 마라"는 비상 직전의 숨 막히는 시간을 뜻하고, "사방 직선으로 칼치기한다"는 잠자리 비행사의 앞날을 예의주시하는 임전무퇴와 결사항전의 정신을 뜻한다.

임현준 시인의 「잠자리 비법飛法」은 새롭고, 이 새로운 만큼 경이롭다. "하늘 깎아라 하늘 찔러라"의 "솟대에 걸치는/ 일필휘지 한 마디"는 임전무퇴와 결사항전의 무사도 정신을 뜻하고, 「잠자리 비법飛法」은 임현준 시인의 무한한 영광을 뜻한다.

씨앗을 보면 머나먼 미래가 보이고, 떡잎을 보면 그 미래의 영광을 알 수가 있다.

임현준 시인이여, 부디 부디 '잠자리 비법飛法'의 '새로움의 시학'으로 더 높이, 더 높이 날아오르거라!!

자, 보아라! 미래의 영광을 장전한 날개, 우리들의 하늘 오토바이가 날아 온다.

터미널박

김지요

돌아 갈 집이 없는 것은 아니다

5분 간격으로 오는 전화에 대고
연신 중얼거린다
상대가 없는 혼잣말을 하듯
여긴 터미널이야
터미널이라고 했잖아

타야 할 차를 놓치고도
흥건한 취기에 즐거운 그는
아무 걱정이 없다

어디든 데려다 주는 터미널이니까

걱정 마 터미 늘이야
아 ㄹ아서 간 다고 했자느
막차 끊기믄 태택시 타믄 대지 머
먼지 쌓인 간이 의자에
목적지에 사로잡혀 달려 온
몸을 다 내려놓는 중이다

꼬인 혀는 쉽사리 풀리지 않고
사내의 행동에 실실 웃는 사람들과
어차피 아는 사람이 없으니
같이 웃어도 좋은 사내

막차 같은 하루가 저물고
행인 1,2,3이 사라지고

애가 타는 신호음이 계속 되어도
괜찮아 터미널이야

괜찮아 터미널이야

인생은 나그네 길이고, 빈손으로 왔다가 빈손으로 가는 것이다. 꿈도, 희망도, 인연도 다 부질없는 것이고, 아버지의 죽음도, 아내의 죽음도, 자식의 죽음도 다 부질없는 것이다.

천년을 살아도 하루를 산 것과 같고, 하루를 살아도 천년을 산 것과 같다. 흙에서 태어나 흙으로 돌아가는 길에 돈과 명예와 권력이란 아무런 쓸모도 없는 것이다.

"여긴 터미널이야/ 터미널이라고 했잖아."

터미널에는 모든 사람들이 다 오고, 터미널에서는 그 어디든 다 갈 수가 있다. 치를 놓치면 다음 차를 타면 되고, 다음 차를 놓치면 또 다음 차를 타면 된다. 그러다가 차가 끊기면 택시를 타면 되고, 택시를 못 타면 술에 취해 "먼지 쌓인 간이 의자"에서 자면 된다.

내가 있는 곳이 세계의 중심이고, 내가 잠 드는 곳이 천하의 명당이다.

참다운 나그네의 길에는 근심과 걱정이 없다. "먼지 쌓인 간이 의자에／ 목적지에 사로잡혀 달려 온／ 몸을 다 내려" 놓으면 바로 그곳이 천국이 된다. 모든 것이 만사형통이고, 모든 것이 해탈의 길이다. 천국의 삶이 이렇게 가까이에 있는데, 공연히 자유니, 사랑이니, 평화니, 또는 보호무역이니, 비핵화니, 사유재산이니, 민주주의이니, 사사건건 복잡하게 말을 만들어 떠들 필요가 없다.

새들은 노래를 부르고, 장미는 꽃다발로 피고, 길가의 돌멩이는 금은보석으로 빛나고, 모든 인간들은 나의 충신처럼 웃는다.

참다운 나그네의 길에는 그 어떠한 장애물도 없고, 참다운 나그네는 언제, 어디서나 행복하다.

김지요 시인의「터미널박」은 우리 시대의 성자이자 이 세상에서 가장 행복한 사람이다.

명자꽃 피는 밤

조옥엽

꺼져버린 불빛 같은
이름 하나

명자

문득 떠올라
가만히 부르면

외딴집
외로운 그 가시나가
금방이라도 달려 나와

내 어깨에 대롱대롱
매달릴 것만 같아
차마 부르지 못하고

한참을 바라만 보다가
부남시 시리워져서
돌아가는 봄밤

명자꽃 피는 밤

명자꽃은 봄에 피는 꽃 중에서 가장 붉은 꽃이고, 그 모습이 화려하지 않고 청순해 보여 '아가씨 나무'라고도 한다. 명자꽃은 장미과이며, 2미터 내외로 자라고, 주로 정원에 심거나 울타리로 많이 심는다. 그 옛날 여자들의 이름으로는 영자와 순자도 많았지만, 명자라는 이름도 상당히 많았다. 명자는 조옥엽 시인의 어린 시절의 친구였던 모양이고, '꽃말'이 '신뢰와 수줍음'인 것처럼 더없이 청순하고 수줍음을 많이 타는 소녀였던 지도 모른다.

　때는 명자꽃 피는 봄밤이고, 시인은 "꺼져버린 불빛 같은/ 이름 하나"를 떠올려 본다. 이 세상의 마을로부터 떨어진 외딴집에서 살았던 명자, 가만히 부르면 외로운 그만큼 금방이라도 달려나왔던 명자, 내 어깨에 대롱대롱 매달려 마치 구세주라도 만난 것처럼 기뻐했던 명자─. 때는 명자꽃 피는 봄밤이고, 이제는 그 명자가 죽었는지, 살았는지, 그 소식조차도 알 길이 없다.

　외딴집은 외딴섬이고, 유배지이며, 자연의 재해와 도둑이나 강도로부터 그 어떠한 안전장치도 없다. 외딴집에 사는 사람은 사회로부터 고립된 사람이며, 대부분이 어렵고 힘든 삶을 살아간다. 명자는 왜, 그 아름다운 이름에도 불구하고 외딴집에 살았던 것이며, 명자는 또한, 왜, 그 때묻지 않고 순수한 마음씨에도 불구하고 그처럼 외롭게 살았던 것일까? 아버지도 없고, 엄마도 없다. 언니도 없고, 오빠도 없다. 그러니까, 공동체 사회에서 멀리 떨어진 외딴집에서 기껏해야 이 세상의 삶을 다 산 것 같은 할아버지와 할머니의 슬하에서, 하루 하루를 가난과 절망으로 살아가고 있었던 것인지도 모른다.

꺼져버린 불빛 같은 이름도 일엽편주—葉片舟와도 같은 운명을 말해주고, "한참을 바라만 보다가/ 무담시 서러워져서/ 돌아가는 봄밤"도 일엽편주와도 같은 운명을 말해준다. 어린 시절의 불행은 선천적이며, 대부분이 부모를 잘못 만난 운명에서 비롯된다. 이 세상의 삶을 살아보기도 전에, 그 불행한 삶은 외로움을 가중시키고, 이 외로움은 마치 사나운 파도처럼 그의 존재의 뿌리를 흔들어 버린다. 널빤지 하나와 지푸라기 하나라도 잡아야 하고, 쌀 한 톨과 밀가루 한 주먹에도 눈물겨운 생존의 울음을 울어야 하고, 자기 자신의 목숨을 호시탐탐 노리는 백상어(악당)에게라도 구원을 요청해야 한다.

이 세상은 사회적 약자인 명자와도 같은 어린아이가 헤쳐나가기에는 너무나도 사납고 넓은 바다이다. 부모형제라는 배도 있어야 하고, 친구와 선, 후배라는 배도 있어야 한다. 학연과 혈연과 지연이라는 배도 있어야 하고, 돈과 명예와 권력이라는 배도 있어야 한다. 이러한 배와 배들이 모여 거대한 선단을 이룰 때, 바다는 희망의 바다가 되고, 이 세상의 삶의 찬가가 울려퍼지게 된다.

명자는 외딴섬이고, 유배지이고, 명자는 꺼져버린 불빛이고, 그만큼 서러운 이름이다.

나는 혼자이고, 나는 외롭다.

나는 일엽편주의 배와도 같고, 나는 도저히 이 넓고 험한 바다를 건너갈 자신이 없다.

누군가의 어깨에 대롱대롱 매달려 붉디 붉은 울음을 터뜨려도 나를 구원해줄 사람은 아무도 없다.

도레미파, 파, 파

김 늘

돌돌 만 김밥이 아니라
파김치를 돌돌 말아 입에 넣는 밤

푹 삶은 돼지고기같은 유들유들함도 없이
붉고 노란 고명같은 화려함도 없이
빳빳하고 알싸했던 아버지가 심은 쪽파가
겨울을 견디고 돋아
파김치가 되어 식탁에 올랐어요

추운 겨울에 아버지는
종이처럼 얇아져 창백하게
산골짜기 병원 천장만을 바라보다
흩어졌어요,
진눈깨비처럼

가늘고 매운 파를 까던 고요한 오후에
어머니는 홀로 끝도 없는 눈물을 훔쳤다네요
발을 잃고, 말을 잃고,
겨우 파 몇 뿌리 남겼다며
파잎처럼 목을 꺾고 들먹였다네요

대나무처럼 딱딱하게
덜그럭거리던 아버지가 남긴
야들야들한 파를 씹고 있는 사월이에요

도레미파, 솔라시도레미파
한 옥타브를 건너도 다시 돌아오지 않을
아버지의 파를
매운 눈물을 흘리며 씹고 있어요

  때는 사월의 봄날이고, "돌돌 만 김밥이 아니라/ 파김치를 돌돌 말아 입에 넣는 밤"이다. 파김치는 푹 삶은 돼지고기같은 유들유들함도 없고, 붉고 노란 고명같은 화려함도 없다. 하지만, 그러나 이 파김치는 추운 겨울날 종이처럼 얇아져 산골짜기 병원천장만을 바라보다가 진눈깨비처럼 흩어진 아버지가 마지막으로 지은 농사로 담근 파김치이며, 아버지에 대한 그리움처럼 빳빳하고 알싸했던 향내가 풍겨나온다.

  돌돌 만 김밥이 아니라 파김치를 돌돌 말아 입에 넣는 밤, 시인은 이 파김치를 통해서 아버지를 만나고, 이 파김치를 담그며 홀어머니가 흘린 눈물을 생각한다. 이 세상에서 가장 아픈 것은 짝을 잃어버린 아픔이고, 그 아픔은 자기 자신의 존재의 근거와 생활의 근거를 위태롭게 한다. 말놀이를 할 대상노 없고, 어렵고 힘든 일을 해줄 사람도 없다. 눈빛을 주고 받거나 발걸음 소리만을 들어도 믿음직하고, 한 잔 술에 취해 '한 마음―한뜻의 사랑의 찬가'를 불러줄 사람도 없다. 모든 시, 모든 사상, 모든 예술은 사랑의 변주곡이며,

이 사랑의 변주곡 중에서 가장 슬픈 것이 짝을 잃어버린 이별의 노래라고 할 수가 있다.

가늘고 매운 파를 다듬어도 님 생각 뿐이고, 그 매운 파에 눈물과 콧물을 흘리면서도 님 생각 뿐이다. 님은 발이고, 님은 말이다. 발을 잃었으니까 갈 곳도 없고, 말을 잃었으니까 할 말도 없다. 겨우 파 몇 뿌리를 유산처럼 남기고 떠나간 님, 대나무처럼 딱딱하게 덜그덕거리던 아버지를 생각하며, 그 파잎처럼 목을 꺾고 우는 어머니―, 아버지를 여읜 슬픔과 혼자 남은 어머니를 생각하는 슬픔―, 즉, 이 효심이 김늘 시인의 「도레미파, 파, 파」의 주조음이 된다.

대나무처럼 딱딱하게 덜그덕거리던 아버지가 남긴 야들야들한 파를 씹고 있는 사월, 김늘 시인의 「도레미파, 파, 파」의 시점은 회고적이고, 운율은 가볍고 경쾌하고 부드럽지만, 그 내용은 아버지에 대한 진한 사랑이 묻어 있는 송가頌歌라고 할 수가 있다. "도레미파, 솔라시도레미파/ 한 옥타브를 건너도 다시 돌아오지 않을/ 아버지의 파를/ 매운 눈물을 흘리며 씹고" 있는 밤, 김늘 시인은 이 시를 통해서 아버지와 어머니와 딸을 삼원일치화시킨다. 아버지는 떠나갔지만, 아버지는 내 마음 속에 살아 있고, 어머니는 홀로 남겨졌지만, 아버지와 함께 내 마음 속에 살아 있다.

"도레미파, 솔라시도레미파". 모든 음계들의 중심은 파가 되고, 이 가볍고 경쾌하고 부드러운 운율 속에 옛세대가 새세대를 "빳빳하고 알싸한 맛"처럼 일깨우며, 새세대의 힘찬 발걸음을 살아 움직이게 한다.

파다. 식용과 약용과 온갖 양념의 중심인 파, 그리고 모든 음계의 중심인 파다.

김늘 시인은 '파'를 통해, 아버지와 어머니와 자기 자신을 하나로 결속시키고, 「도리미파, 파, 파」의 사랑의 노래를 울려퍼지게 한다.

'애지'는 '지혜사랑'이며, 애지문학회 회원들은 이 '지혜사랑의 이름'으로 우리 한국인들을 '사상가와 예술가의 민족'으로 이끌어 나갈 고귀하고 웅대한 꿈을 간직하고 있다. 『나비, 봄을 짜다』, 『날개가 필요하다』, 『아, 공중사리탑』, 『버거 씨의 금연캠페인』, 『떠도는 구두』, 『능소화에 부치다』, 『엇박자의 키스』, 『고고학적인 악수』, 『혁명은 민주주의를 목표로 하는가』, 『유리족의 하루』, 『버려진다는 것』, 『어떤 비행飛行』에 이어서 애지문학회의 열세 번째 사화집인 『도레미파, 파, 파』는 절차탁마의 소산이며, 대한민국 사화집의 수준을 한 차원 높게 끌어올린 시집으로 기록될 것이다. '애지문학회'는 가장 아름답고 멋진 문학회가 될 것이며, 해마다 봄날이면, 또다른 멋진 사화집을 들고 독자 여러분들을 찾아 나서게 될 것이다. 우리 한국어의 영광과 우리 한국인들의 영광을 위하여!

애지문학회편
도레미파, 파, 파

발   행 2019년 4월 1일
지 은 이 김늘 외
펴 낸 이 반송림
편집디자인 김지호
펴 낸 곳 도서출판 지혜
         계간시전문지 애지
기획위원 반경환 이형권 황정산
주   소 34624 대전광역시 동구 선화로203-1, 2층 도서출판 지혜 (삼성동)
전   화 042-625-1140
팩   스 042-627-1140
전자우편 ejisarang@hanmail.net
애지카페 cafe.daum.net/ejiliterature

ISBN : 979-11-5728-321-7 03810
값 9,000원

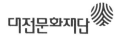

※ 본 사업은 대전광역시, 대전문화재단에 지원을 받아 제작되었습니다.